U0008849

泡泡紙男孩

The Bubble Wrap Boy

菲力・厄爾 Phil Earle——著 李斯毅——譯

目次

名家推薦

在掙扎中脫胎換骨的泡泡紙男孩

柯華葳（國家教育研究院院長）

多虧作者的生花妙筆，文字中滿滿的圖像，使得不論身心狀況、社經背景條件都屬非主流人物的喜怒哀樂、恐懼及夢想都生動的呈現在讀者眼前。

主角雖是泡泡紙男孩，若沒有父母和他的伙伴以及學校同學，成就不了一波接一波的苦難與成就。許多故事元素：霸凌、懸疑、偵探、仗義行俠、虎媽和沉默的爸爸、傲慢與偏見都在書本裡。當然，這更是青少年面對自己、家庭及同儕，掙扎中脫胎換骨的故事。你會喜歡的。

放手，讓孩子成就自己的一片天

陳安儀（親子教育專欄作家）

現代孩子生得少，每個小孩都是寶，捧在掌心怕捏碎，含在口裡怕融化。於是，到底怎麼樣照顧小孩才不算「保護過度」？怎麼樣才能在安全無虞的狀況下讓孩子擁有自我？成了每位父母煩惱的課題。

《泡泡紙男孩》的主角查理是中國移民英國的第二代，這在西方的青少年小說中，是比較少見的描繪。查理的背景涵蓋所有「老中」的典型特徵：個子矮小、自信不足，在學校常受到排擠與霸凌；家裡開中國餐館、爸爸是廚師、放了學要幫忙送外賣；父親忙於掙錢、管教者主要是母親，且對孩子的期望很高。

查理的媽媽因為自己童年事件的影響，連帶的也特別在意孩子的安全。所以，查理不但不能像一般孩子一樣騎普通腳踏車，連裝飾個聖誕樹都要被強迫戴上蛙鏡，更別提像是「玩滑板」這類略帶危險性的運動遊戲了！

然而，活在世界上，沒有人的志願是當一個「弱者」。正值青春期的查理，雖然經常遇到倒楣事，是個遭人嘲笑的「遜咖」，卻從不放棄找尋自己的人生價值。他想要贏得女同學的注目，他想要證明自己也有長處，他想擺脫只能跟班上怪咖交朋友的宿命；他想要脫離「媽寶」的生活方式，活出自我。

終於，他找到了適合「小個子」的活動——滑板。矮個子的他重心低，在溜滑板時變成了有利的條件。他在滑板找到了自信、交到了朋友，也獲得成就感。問題是：「溜滑板」跟他媽媽所認知的「安全活動」，實在是相距了十萬八千里！一連串的衝突事件就此展開，而那個深藏在查理家庭裡的祕密，也因此攤開在陽光下……

在青少年成長的過程中，「發掘自我」與「開展天賦」是很重要的歷程。不斷的嘗試和發展、學習克服挫折，找到自己在人群中的定位後，進而能夠和自我和諧相處、擁有一個「完整人格」，也才能夠構築將來身心靈健康的人生。在這個時期，如果有所殘缺，就會造成自信不足、心靈空虛。嚴重的自卑感往往會讓孩子走上歧路，無法面對挫折，憂鬱以及行為偏激。

只是很可惜，華人家庭大多著重「智育」和「成績」，對「建立自信」的過程卻不太重視，經常不給孩子多元嘗試的機會。於是那些既沒有先天俊美外型、又沒有強健體魄的孩子，就會格外的辛苦。

家長也總是搞不清楚，孩子在教育過程中最需要的，往往不是課堂上的數學、英文等背誦的知識，而是種種難以取代的「經歷」——與同儕相處時的「信任」、得到讚美的「成就」與優勢天賦的「自信」，這些才是成就孩子最重要的因素。

卡內基文學獎入圍作家菲力·厄爾以幽默的筆調刻畫青少年的成長之路，也告訴所有的家長，該放手的時候請放手，讓孩子擁有自己的一片天吧！

1

我最討厭聽見別人對我說一句話。

我知道自己不應該被這句話影響，畢竟它只不過是一句話。

只不過是一個句子。

句子裡面只有少少幾個字，都是簡單易懂的字。

我相信在這個世界上，一定還有更討人厭的句子。事實上，我確實知道有這樣的句子。

例如，我的朋友席納斯每次都假裝要告訴我某件好玩的事，但其實內容都讓人覺得噁心。所以只要我一聽見席納斯說出下面這句話，我就覺得渾身發癢：

「你一定要聽聽這個，我保證你不聽會後悔……」

另外，我那位了不起的先祖父，他生前患有胃脹氣，而且總是喜歡對我說：

「來來來，過來拉拉我的手指頭[1]……」

相信我，如果他在密閉空間裡對你說出這句致命的暗語，你最好馬上離開現場，越快越好。

至於我最討厭聽見的那句話，我厭惡它的理由，是因為已經有太多人對我說過，彷彿它代表著我此生卑微的宿命。

1　譯注：據說，胃脹氣時只要請別人拉拉手指，就可以幫助排出氣體。

「真正的好東西，其實外表都不起眼。」

對，就是這句話。我覺得光是寫出這個句子，就已經讓我非常想吐。但至少我可以不必開口說出來。

你們這輩子有聽過比這句話更矯情、更不誠懇、更傲慢無禮的句子嗎？再說，這句話到底想要表達什麼意思？既沒有實質的內容，字裡行間也不具隱含的意義，什麼都沒有。

這句話只適用於以下場合：當別人拍拍你的頭，假裝是在鼓勵你，但骨子裡是對你冷嘲熱諷的時候。說話者真正想表達的意思是：你這個矮冬瓜，你的人生將充滿悲哀和痛苦。

真是夠了！如果他們真的這麼認為，為何不直接挑明了說清楚。我可以承受直白的批評，因為我的肩膀夠寬闊（以我的身高而言），扛得住打擊。

早在很久以前，我就已經對自己的高度（或者應該說，我的矮度）釋懷了。早在我上了中學卻還碰不到置物櫃的門之前、早在我小學五年級卻還被誤認為是幼稚園小朋友之前，我就已經完完全全釋懷了。

反正我的人生一直是這樣，儘管沒有任何預警提醒我會長不高，但是我也從沒為此感到訝異過。

當我照鏡子時，總會看見鏡子裡反映出一個身材矮小的孩子。或者說，我總會看見一個身材矮小的孩子……的頭頂。

我想，如果不是因為別人一天到晚對我說那句話，我應該可以更加坦然的面對自己的命運。

這兩年來，因為實在太常聽見那句話，導致我開始變得有點走火入魔，打算以無情的事實證明它的理論真是大錯特錯。

我企圖推翻他們的說法，然後（從愚蠢又嬌小的身體發出可笑的怪嗓音）對他們說：「哈哈！看到沒有？我就是個笨手笨腳又沒用的失敗者，我根本不是你們所謂的『好東西』。」

我可以舉一個「身材矮小但不是好東西」的例子。事實上，我能舉出一大堆例子。以下全是身材矮小的名人，而且他們都有非常嚴重的缺陷。

亨利・德・杜魯斯—羅特列克[2]（一八六四—一九〇一）

畫家，版畫家，發明家，可悲的矮子。

由於他是一個可悲的矮子，所以他後來天天借酒澆愁，甚至因而發明出一種後勁超強的雞尾酒，將之命名為「地震」。他還把酒偷偷藏在自己改裝的拐杖裡，以便隨時飲用。

在二十九歲那年，他不僅沉溺於酒精世界中，更染上難以啟齒的疾病。到了三十六歲那年，呃，他就掛點了。

不過，杜魯斯—羅特列克還算是成功人士——至少他遺留的畫作可以流芳百世，不像以下提到

2　譯注：亨利・德・杜魯斯—羅特列克（Henri de Toulouse-Lautrec），法國畫家。因遺傳因素加上青春期時雙腳受傷導致停止發育，身高只有一百五十公分。另一說為一百三十七公分。

的土匪。

成吉思汗、波布[3]、史達林、墨索里尼、希特勒。他們是古代或近代的專制暴君，全都一樣可惡，而且他們的身高都不到一百五十五公分。

這些傢伙應該都是「矮個子男人症候群」的最佳範例。

我曾經花了一點時間（大約千分之一秒）思索自己是否應該從政。儘管剛才提到的那些傢伙全是討人厭的暴君，但是我敢說他們身旁都不乏女性相伴，而且我所謂的女性，並不是指他們的母親。我可以告訴你們一件事：成吉思汗的老媽，一定比我老媽好相處。

不只歷史上那些矮小的男性全是廢物，如果你們檢視一下當代那幾個有名的矮子，一定也同樣無法找出哪個人具備比較正面的形象。我所指的名人矮子包括：

湯姆．克魯斯[4]（鼻子是歪的）

王子[5]（又名「紫色變態」[6]？如果他長得夠高，大家一定不敢這樣叫他）

迪亞哥．馬拉度納[7]（一九八六年的世界盃足球賽，以頭頂球時偷偷用手碰球，用作弊的方式讓阿根廷贏了英格蘭）[8]

伊娃族[9]（毀了史上最好看的電影三部曲）

其實我可以寫出更多例子，繼續填滿至少一到兩頁，但是這麼做可能會讓你們對我產生錯誤的印象，以為我是憤世嫉俗的人。我不是。雖然從前面敘述的文字看來有那種感覺，但我真的不是，真的。

如果機會找上門來，我一定會盡全力好好把握。就算這表示我必須抓緊距離最近的梯子，往上爬到最高一階，搖搖晃晃且充滿危險。就算必須冒這種險，我還是會抓住機會，絕不輕言放棄。

然而，我的問題是，每當我伸手嘗試新的事物時，我攀爬的梯子一定會在最多觀眾眼前驟然坍塌，當然，我也重重往下跌。

跌倒造成的瘀傷會漸漸淡去，但是名聲可就無法挽回了。

每一個認識我的人，都叫我「來自中國的小矮人查理」。我在他們眼中，就是笨手笨腳的笨蛋韓查理。他們認為我應該學聰明一點，但偏偏什麼都學不會。

3 譯注：波布（Pol Pott），原名桑洛沙，柬埔寨共產黨總書記暨赤柬最高領導人。他奉行極左政策，並曾進行大屠殺，受到國際社會嚴厲譴責。

4 譯注：湯姆・克魯斯（Tom Cruise），美國演員。根據資料，湯姆・克魯斯的身高為一百七十公分。

5 譯注：王子（Prince），美國流行歌手。根據資料，王子的身高為一百五十七點五公分。

6 譯注：王子於一九八四年推出《紫雨》專輯，當時的造型為一身紫衣。這裡的「紫色變態」，應是戲稱那個時期的王子。

7 譯注：迪亞哥・馬拉度納（Diego Maradona），阿根廷足球運動員。據資料，馬拉度納的身高為一六五公分。

8 譯注：馬拉度納在一九八六年世界盃足球賽的那一球備受爭議。十九年後，他才承認當時自己的手確實「碰到了球」。

9 譯注：伊娃族（The Ewoks），電影《星際大戰》中的角色，具有毛絨絨的外型，身材矮小。

被大家這樣稱呼，比被戲稱為「矮冬瓜」還可悲。

如果說，這世界上有哪一句話是我深信不疑的，就是這句話：

「每個人都有自己的專長。」

我真的相信這句話。

真的。

我必須相信這句話。

因為已經沒有其他哪句話值得我去相信了。

我只需要好好想一想，我的專長到底是什麼。

哪一項專長可以幫助我從伊娃族變成……我也不知道變成什麼才好。也許，讓我變成尤達大師[10]？

對，就是尤達大師。我在一秒鐘之內決定了，甚至是在千分之一秒內決定的。

雖然尤達大師的耳朵很醜，雖然尤達大師是綠色的，但是對我來說都無所謂。

對，就是這樣。等到我找出自己的專長之後，我就會變成百分之百、純純粹粹的尤達大師。

「我必須找出自己的專長，這將是我的使命。」

不過，我還得提醒自己一點：千萬不能學尤達大師說話，因為女生可不喜歡那種說話方式。

2

我做了一次深呼吸，戲服底下的神經隱隱抽搐著。

「千萬不可以出醜。」我提醒自己。畢竟這個角色一點都不難演，不必在舞台上和羅密歐或茱麗葉演對手戲，甚至沒有台詞，也不必與其他演員互動……呃，除了莫丘西歐[11]的屍體之外，因為我負責把莫丘西歐的屍體拖下舞台。我的戲分非常簡單，絕對不可能會在觀眾面前出錯。

我等著馬帝·迪亞斯在舞台上慢慢裝死。也許要等到我生日那天，他才肯痛苦的嚥下最後一口氣，不再一直哭喊著媽咪（我記得他原本的台詞並沒有這個啊）。

我一點也不嫉妒馬帝。當我從同學的腳邊擠到公布欄前，查看釘在上頭的角色分配表時，根本不預期自己會分配到什麼重要角色。假如劇組真的讓說話聲有如吸了氦氣的我飾演某個重要角色，肯定是極為冒險的舉動。

我當然希望能演一個有名有姓的角色，而不只是「屍體搬運工某乙」。我甚至還跑去圖書館找

---

10 譯注：尤達大師（Yoda），電影《星際大戰》中的角色。儘管尤達大師是一個綠色的小矮人，卻擁有強大的力量與高尚的品德。

11 譯注：莫丘西歐（Mercutio），莎士比亞名劇《羅密歐與茱麗葉》中的角色，為羅密歐的摯友，被茱麗葉的表哥所殺害，死在羅密歐的懷裡。

這齣戲的劇本，想知道裡面如何描述我的角色，卻完全查不到相關的內容。即便我上搜尋網站查詢半天，仍舊找不到任何相關資料。因此，我猜這應該是一個非常微不足道的角色，專門讓劇組分派給一些不起眼的學生，好讓他們也能有參與感。這麼一想，我大概也不必去央求導演讓我升級為「屍體搬運工某甲」了……

過了沒多久，我就對角色分配這件事完全釋懷了。畢竟能有上台演戲的機會也不錯，不妨就把這個機會當成是跳板。

我只需要先確保自己不會毀了這齣戲。

投射在莫丘西歐身上的燈光終於變暗，於是我調整一下帽子（和我身上所穿的戲服一樣，對我來說尺寸都太大了），大步走到舞台中央，先假裝抹去一滴掛在臉頰上的淚水（這是我自己為這個角色精心添加的動作），然後伸手托住莫丘西歐屍體的腋下，身體往後傾，準備拖著屍體穿過舞台，就像之前正式彩排時的退場步驟。

沒想到莫丘西歐的屍體竟然一動也不動。

我用力的拉扯莫丘西歐，身體彎成拱形，但他彷彿變成了世界上最沉重的鉛塊，黏在舞台地板上。

觀眾開始竊竊私語。我只要徒勞無功的拉扯一次，台下就發出一次竊笑，並且越來越大聲。

「你在搞什麼鬼？」莫丘西歐的屍體忍不住死而復生，小聲問我。

「你不是已經死了嗎？」儘管我回答時壓低了自己尖銳的聲音，但是坐在前面四排的觀眾顯然還是聽見了，因為他們全都仰頭大笑。

我想搞清楚為什麼自己拉不動莫丘西歐，最後才發現是因為他的劍卡在木頭地板之間的縫隙，導致他被牢牢的釘在舞台上。

「你的劍卡住了啦！你的劍……」

「那就拔出來啊！你這個白痴！」

於是我照著他的話去做，打算將劍從地板縫隙中拔出來，一連試了好多次，好不容易才鬆開卡在地板上的劍。不過由於用力過猛，我和莫丘西歐的屍體都往後滑去。

我本來還試圖站穩身子，但是莫丘西歐的體重壓在我身上，讓我在舞台上以非常狼狽的方式往後摔倒，全英國的觀眾都目睹了這一幕。英國皇家芭蕾舞團絕對不會做出這麼不優雅的動作。

當我和馬帝·迪亞斯狠狠撞上舞台的側柱時，台下的觀眾發出一聲驚呼。這是觀眾目前為止對於今晚演出最大的回應。短短的一瞬間，我差點還以為是自己的演出太出色，才會造成全場轟動。

隨後我立刻察覺身後的柱子開始晃動，而且歪向一邊。你們應該都知道，舞台上的柱子其實是布景的重要支撐物，用來支撐茱麗葉房間外的陽台。假如柱子倒了，茱麗葉的陽台當然也凶多吉少……

馬帝·迪亞斯壓在我身上，他飾演的莫丘西歐此時突然死裡復活，大叫一聲之後就往舞台旁邊逃開。

我也趕緊跟著他拔腿就跑，接著，柱子倒在舞台的地板上。我驚魂未定，看見茱麗葉的陽台開始搖搖欲墜。

更糟糕的是，舞台的燈光此刻已經暗了下來，為下一場戲準備。我看見羅密歐（也就是羅比·

布特爾，我們學校裡最受歡迎的男生）大步走到舞台中央，由於他正沉浸在失去摯友莫丘西歐的悲慟之中，完全沒注意到茱麗葉的陽台已經搖搖欲墜。如果陽台垮了下來，他就會成為下一位大家哀悼的對象。

我必須拯救羅密歐，於是我立刻衝到陽台後方，但整座布景已經往前傾斜，用來固定的螺帽因此從原本位置脫離，而繫在背面中央的定位繩也鬆了開來，看起來簡直像卡通才會出現的畫面。

我不假思索，立刻往定位繩的位置衝去，一躍而上。如果我能重新繫牢定位繩，就能夠穩住布景，羅密歐就不會死了——不必被倒塌的布景壓死。

這個想法相當正確，沒錯，這當然是正確的決定，前提是救援者的身形和體重必須和正常人相同。又瘦又小的我根本拉不住定位繩，以致我的搶救行動就像是一隻小蒼蠅停在大象的背上，根本阻擋不了大象繼續踏出如雷般的步伐。

用不著一秒鐘，我就知道自己這麼做根本行不通。布景陽台繼續往前倒去，而我則像是掛在藤蔓上的泰山。此時在我自己和倒楣的羅密歐兩者之中，我顯然只救得了其中一人。雖然我並非貪生怕死的懦夫，但也不是不會拿捏輕重的白痴，於是我在舞台上再度做出另一個不太優美的動作，放開手讓自己跌落在地板上。但是我沒忘記大聲提醒羅比・布特爾逃命。

「快跑啊，羅密歐！快點逃命！」

由於布景倒塌時發出巨大的聲響，加上現場有三百位驚慌失措的觀眾不停的躁動，我猜羅密歐根本聽不見我的吶喊。

我只能縮起身子，並默默祈禱羅密歐能夠安然無恙。

原本美麗的維洛納城[12]，現在看起來就像是伊拉克戰場。布景在舞台上碎裂成一片片形狀怪異的銳角，燈光則驚險無比的在觀眾席前不停搖晃著，讓大家可以清楚看見，受難者不只有舞台上的布景而已。

觀眾席第一排的座位上躺了一個人。原本深情款款的羅密歐雙手往兩邊伸開，無力的癱倒在市長和市長夫人的大腿上，而且他的下巴不小心被市長佩戴的榮譽項鍊[13]給割傷了。

一開始，全場沒有人做出任何反應，甚至連我也沒有（不過我偷偷做了深呼吸，好讓自己釋放一下壓力）。市長夫人被這令人震撼的一幕嚇傻了，臉上完全沒有表情。她只是呆呆的坐著，宛如被冰雪凍住，原本準備從包包裡抓一把巧克力球來吃的手僵在半空中。我覺得羅比應該要感謝市長夫人，因為多虧了她愛吃巧克力，他才得以跌落在柔軟舒適的靠墊（市長夫人肥胖的大腿）上。

羅比的頭部可就沒有這麼舒適的倚靠了。市長的金屬項鍊將羅比的下巴割出一個深深的傷口，他的鮮血噴在市長的禮服上。如果我老媽看見了這個畫面，肯定會馬上抓狂，因為血跡最難清洗了。

我急急忙忙跑到舞台前方，趕至羅比的身旁，彎著腰表達我的關懷之意：「羅比，你還好嗎？」

12　譯注：維洛納城（Verona），位於義大利北部威尼托阿迪傑河畔的歷史古城，莎士比亞的《羅密歐與茱麗葉》即以此城為背景，素有「愛之都」之稱。

13　譯注：英國市長在出席正式場合時所佩戴的金屬項鍊。這種項鍊上通常串有多面金牌，用來象徵榮譽與地位。

「快放下布幕！」舞台邊有人大聲喊著。如果不是因為惹出這麼大的麻煩，我在聽見那種嘶喊聲時一定會忍不住笑出來。

不過，就算現在放下布幕也於事無補，因為那面三十平方尺的紅色天鵝絨布幕遠遠收在舞台上方，根本遮掩不了底下可怕的大屠殺，除非直接拿來蒙住全場觀眾的眼睛。

紅色的天鵝絨布幕終究還是放了下來。布幕落下時發出了嗖嗖聲，差點打在我的頭上。如果我被落下的布幕撞暈，就會直接壓在羅比身上。為了躲開驟然下降、即將打在我身上的布幕，我當下決定立刻閃人。我知道再過一會兒，就會有人大喊我的名字「韓查理」，並且痛罵我一頓。

我連忙低頭往旁邊跑開，像隻螃蟹一樣，一溜煙似的躲到舞台旁的上台準備區，臉上不忘掛著那種「法官大人，小的無罪」的表情。但是我的腳才剛剛踏進上台準備區，就聽見有人喊著我的名字。

自從我上中學開始，就一直夢想著卡莉．史東漢有一天能呼喚我的名字，而現在應該正是我夢想成真的一刻才對啊！

只不過，在我的夢裡，卡莉是以俏皮可愛的語氣呼喚我的名字，臉上也掛著甜蜜的笑容，彷彿我說了機智風趣的話語，讓她對我讚賞不已。

在我的夢裡，她當然不是對著我怒吼，她的每字每句也沒有包藏著如響尾蛇毒液般的怒意。我必須公正的表示，卡莉此刻的模樣，已經完全跳脫出茱麗葉這個角色。除非她扮演的茱麗葉是殺氣騰騰的悍婦，一心想為羅密歐下巴的小傷口復仇。

她看起來還是很漂亮，儘管她精心編織的秀髮此刻看起來像是一場大災難，就像羅比現在的模樣。我覺得她其實挺適合詮釋充滿憤怒的角色。

「你為什麼這麼做？」卡莉對著我大叫。

「我做了什麼？」我真希望她的個性也能像茱麗葉一樣慈悲為懷。

「你為什麼要放開定位繩？你明明知道那條繩索是用來固定陽台的！」

我因為不好意思而脹紅了臉。「我是不得已的，因為布景景片實在太重了，我根本拉不住。如果我不放開定位繩，我恐怕已經一命嗚呼了。」

「哼，總比讓布景砸在羅比身上來得好！要不是因為他身手矯捷，恐怕真的會被砸傷。」

「所以他沒事吧？對不對？」我不敢轉頭看羅比，他的下巴還在噴血。「畢竟他是足球隊中鋒，閃躲本來就是他的看家本領。」

我自以為俏皮的拙劣發言，觸發了卡莉這座活火山。

「當然不對！他怎麼會沒事？他可能要去急診室一趟，把下巴的傷口縫合起來。市長身上的禮服也必須送去乾洗。老師也將因此被迫取消公演，我就沒有辦法和羅密歐私奔了！所以一切都不好！」

我可以體會她此刻的感覺，真的。正因為我能夠感同身受，所以我決定放下自己手邊的事情，自告奮勇代替羅比飾演羅密歐。這樣一來，問題不就解決了嗎？但是當我提出這個建議時，劇組其他人馬上將卡莉從我面前帶開，不讓我接近她。這時我便恍然大悟，之前我偷偷背下羅密歐的全部台詞，根本是徒勞無功。

也不算是毫無用處啦，反正將來英文課考莎士比亞的時候還派得上用場。至於我把莫丘西歐的台詞也全背下來這件事，真的就有點超過了，儘管我的用意乃是出於高尚的情懷。畢竟莫丘西歐是一個相當有趣的傢伙，不但手腳俐落，還有像劍一般銳利的智慧。如果我是有點判斷能力的茱麗葉，應該會受不了整天悲嘆的羅密歐，轉而愛上羅密歐的最佳搭檔莫丘西歐。

當我從自己天真幸福的想像世界中清醒過來時，站在我面前的人也從卡莉換成了向來處事不公的季老師。季老師顯然和卡莉一樣冷酷無情，認為羅密歐的安危比我的更為重要。

「為什麼你老是笨手笨腳的？」季老師對著我怒吼，「儘管我相信你的解釋，查理，但是你一定很清楚，放開定位繩並不是一個好主意吧？」

我馬上就明白季老師這句話的意思了：與其讓男主角受傷，還不如讓這個矮冬瓜被定位繩拋上天。我要把這句話寫在筆記本裡，牢牢的記住。

「季老師，我現在是不是應該離開這裡了？」我對季老師說，「我想我已經惹了太多麻煩，不應該還繼續站在這裡惹您不高興。」

我感覺得到，每個穿著戲服站在舞台上的演員幾乎都想當場拔劍砍死我。但是我也知道，即使他們今晚不動手，明天也還有機會找我麻煩。反正他們有的是時間，可以慢慢安排我的「羞恥之路」，逼我再走一次。

「不，我不認為你現在應該離開。總不能讓別人來替你收拾這個爛攤子，尤其他們辛辛苦苦的創作如今全化為烏有了。雖然這齣戲已經無法繼續演出，但是你可以自己一個人在舞台上玩個開心。除非你先把舞台整理乾淨，否則下一次就別奢望參與演出了。不過，我還是建議你不要再上台了，這對你來說或許才是最正確的決定。」

季老師以女主角的姿態大步走開，離去前還擁抱了一下傷心欲絕的卡莉，留我一人在原地。這種場面我一點都不陌生，就像一波似曾相識的浪潮襲向我，準備將我滅頂。

我一面咒罵著，一面打掃舞台。雖然我自己是個大笨蛋，但其他人的愚蠢程度也不亞於我。我的意思是，誰叫他們要替學校有史以來最瘦弱矮小的學生安排一個必須施展力氣的角色？

劇組其他人走過我身旁的時候，不斷的以睥睨鄙夷的眼神瞪我，並且用冷嘲熱諷的話語代替羅比警告我小心一點。我確實因此感到有點恐懼，就連手臂彷彿也變得麻木了。我知道接下來一定會有更糟糕的事情發生在我身上，因為一向都是如此。

我試圖以積極正面的態度來看待這件事：有幾個人在恐嚇我的時候直呼了我的名字，我覺得這是某種程度的進步，至少他們已經知道我是誰了，不再只是以「中國來的小矮人」來罵我。

當我發現舞台上的碎片似乎越掃越大塊，而不是越來越細碎時，手裡的掃把彷彿也變得更加沉重，心情當然也越來越差。誰知道小小的錯誤竟能造成這麼大的災難？

當我把最後一堆垃圾掃進第四十五個垃圾袋時，心情早已糟糕透頂，因為四周圍安靜得令人洩氣，沒有人慶賀我終於把舞台掃乾淨，也沒有人為我歡呼，我唯一能聽見的，就是嘴裡咀嚼著起司泡芙的聲音。

我應不應該冒險去向大家說聲對不起呢？我可以想像那些人的表情，他們的五官會因為憤怒而皺在一起。因為他們現在還在氣頭上，所以每個人都迫不及待想逼我再走一次「羞恥之路」。我彷彿已經看見他們準備抬起腳踹我了，我也甚至可以感覺到小腿被他們踢得發疼。反正我又不是沒有經歷過，我知道自己的下場會如何。

但如果「被大家修理一頓」也在我今晚的行事曆上，我希望可以暫時先跳過它。所以我決定賭一賭，希望今晚他們可以先冷靜一下，放我一馬。反正每件事情總有第一次。

3

當我走出劇場時，萬萬沒想到迎接我的會是這樣的場面。

如雷一般的掌聲。

呃，我以「如雷一般」來形容迎接我的掌聲，表示有一大群人在鼓掌。

但那當然是不可能發生的事。為我鼓掌的人，其實只有一個。

也就是我的朋友席納斯。

提到席納斯總會讓我想起一句話：「你沒有辦法選擇家人，但是你可以選擇朋友。」

這句話讓我想用頭撞牆，而且是硬度加強的牆面。因為說出這句智慧話語的傢伙，肯定無法體會我這種矮冬瓜的人生。

選擇！我這一生從來沒有任何選擇。在過去九年的校園生活中，你們以為我是怎麼交朋友的？我可沒有本事隨意走到操場，一面摸著下巴，一面思考著：好，我今天就來和這個人以及那個人交朋友，而且我絕對不要和另外那個人當朋友。

這雖然是選擇朋友的好方法，卻絕對不適用在我身上。因為能夠這樣選擇朋友的人，是那些正常的人。

這也就是為什麼，我和席納斯會湊在一起變成朋友。

對，我是用「朋友」來形容我和席納斯的關係。

雖然我把席納斯當成朋友，但是我們從來不曾好好談論過：我們倆成天混在一起，到底代表著什麼？反正一切就是這麼自然的發生了。每次上球類運動課的時候，我和席納斯總是沒人要，因此經常站在一塊兒。由於最後都會剩下我們兩個，我們就這樣慢慢熟起來了，彷彿兩名被世人唾棄的痲瘋病人。

我不確定真正的友誼能否建立在這種基礎上，但是我挺喜歡席納斯這個人。好吧，應該還算喜歡啦。

他從來不會鄙視我，也不會用一些稀奇古怪的方式侮辱我矮小的身材。每次在置物櫃前放東西的時候，他不會跳到我身上壓著我（老師同情我的身高，所以特別安排了最下面的櫃子給我）。最近我的背上出現許多訓練造成的瘀傷，因為大家都把「站在矮冬瓜背上」當成是奧運競賽的項目，而全校每一個同學都想奪得金牌。

當席納斯的掌聲停止後，我首先注意到的第一件事，當然就是席納斯的致命傷——那個害他被流放到失敗者聯盟、不得不與我相依為命的缺點。

他的鼻子。

我並非不小心把這幾個字打成粗體字——因為那個坐落於席納斯雙頰中間的大怪物，一定要以粗體字來表達，才足以彰顯出它的分量。

他的鼻子很長很長，不但是鷹勾鼻，而且鼻翼又圓又胖，因此大家只要說到席納斯，一定會馬上提到他的鼻子。每次別人討論到席納斯的鼻子，就會故意放大音量，來代表他巨大的鼻子。平常席納斯走在街上的時候，看見他的老人都會驚訝得目瞪口呆，小孩子則會害怕得躲到母親裙子後方，完全不敢直視那可怕的大鼻子。

總而言之，席納斯的鼻子確實讓我鬆了一口氣，讓我慶幸自己只是一個矮冬瓜。起碼我還有一絲絲渺茫的機會可以長高，但是席納斯的鼻子永遠不可能縮小。或許這就是我願意和他廝混在一起的原因，而且他和我一樣，三不五時就得走一趟「羞恥之路」。

除了鼻子以外，席納斯的本名更是雪上加霜。

他的本名是萊納斯·席吉利。

這個名字一點錯也沒有，卻被學校的惡霸當成嘲弄席納斯的工具。他們故意把「萊納斯」叫成「席納斯」[14]，從此之後，這個綽號便緊緊跟隨著他，比起黏在桌底下、已經硬得像化石的口香糖還要牢固。

學校裡每個人都叫他席納斯，包括同學和老師。有一次，席納斯拿他的作業簿給我看，其中有三位老師在寫到他的名字時，都用修正液塗改過第一個字，試圖掩飾他們把「萊納斯」誤寫為「席納斯」的過錯。至於我們的英文老師，那個年紀已經七老八十的蓋許老師，甚至根本懶得隱藏自己的錯誤，大刺刺的寫下「席納斯在課堂上缺乏學習動力。」

就算席納斯不喜歡這個外號，他也從來不曾表現出任何不高興的態度。我想，即便他不喜歡，大概也已經默默接受了，因為他在簡訊或卡片上的署名都是寫著「席納斯」。也由於這個緣故，我總是以席納斯稱呼他，因為他就是席納斯。

---

14 譯注：因為席納斯（Sinus）在英文的意思是鼻竇炎。

席納斯靠在劇場的牆壁上等我，牆上的磚頭映出大大的黑影，顯示出他的輪廓。我覺得那個黑影有點令人毛骨悚然，看起來就像是隻美國大老鷹，準備叼走我。

幸好，在我害怕得拔腿逃跑之前，席納斯先開口說話，頓時化解了緊張的局勢。

「太棒了！」席納斯大聲喊著。「安可。安可。」即便他的聲音是從大鼻子傳出來，也一點也不令人感到奇怪。每當他說話時，鼻孔就像是激烈奔騰的賽馬一樣，不停撐大又縮小。

「好啦，好啦，別再尋我開心了。」我假裝生氣，扭頭就走。席納斯馬上就跟了過來，開玩笑似的拍拍我的背。

「不，我是說真的，你做得太好了。將來大家回想起今晚發生的事，一定都會笑得樂不可支。真希望有人拿照相機拍下那精采的一幕。」

「你覺得這種安慰人的方式，會讓我開心嗎？」我丟給他一個無力的笑容。

「我們應該把影片放上 YouTube，然後以病毒傳播的方式分享給大家看。」他說完後便誇張的喘氣，相當戲劇化。「我們還可以製作成 3D 版本！」

我朝席納斯射出一連串的飛劍，但是全被他的大鼻子彈了回來，毫髮無傷。接著我們又繼續安靜的走著，直到席納斯再度開口。

「所以，你下一個目標是什麼？」他問我。

「什麼意思？」

「我是說，現在大家都已經知道你毀了這齣戲，接下來你打算再毀掉什麼東西……我的意思是，你打算掀起什麼革命呢？」

我開始不明白自己為什麼要和席納斯走在一起。如果我獨自走路回家，應該會比現在更自在開心吧？

「你知道的，我才沒有那麼笨拙，我不會搞砸所有的事情。」

「嗯哼。」

「我才沒有搞砸所有的事情！」

「比方說？」

「美式足球！」我不假思索的脫口而出。「你還記得我參加過的那場足球賽吧？我是學校有史以來第一個初次上場就連進三球的學生。」

「這倒是真的。」席納斯點點頭。「但你應該要覺得丟臉，因為進的都不是對方球門，沒錯吧？」

我想起當時連續把球送進自己隊伍的球門；最後一球還彈到耳朵，讓我頭痛不已。想起這段回憶，我不禁全身上下起了雞皮疙瘩。

「在那之後，你是不是被擔架扛出球場了？」

我點點頭。

「耳膜好像還破掉了，是不是？」

我再度點點頭，雙頰發紅。

席納斯說話時強忍住笑意。「或許，那對你來說是最好的結果。趁你的隊友還沒把你五馬分屍之前，趕快離開球場。」

「對啦，對啦，我被抬走的時候，還聽見全場歡聲雷動呢！席納斯，我倒想看看你能不能用頭頂球，而且鼻子不准刺穿球。」

「我才不要頂球。」席納斯聳聳肩。「我不需要表現出自己白痴的一面給大家看，因為你已經代表我們兩個人表現過了，而且表現得相當不錯。」

我腦海中又浮現自己做過的其他丟臉事：包括差點因為點燃了鎂帶而燒掉科學實驗室、差點被一個很鈍的羅盤切斷一根手指，以及我親手做的果醬蛋糕害全班同學食物中毒。我想表達的是：我怎麼會這麼倒楣呢？

席納斯知道這個問題的答案。

「你一定是被詛咒了，我看八成就是這樣。除非你破除詛咒，不然你這輩子都會這麼倒楣。」

我睜大眼睛看著他。「哇，真感謝你替我做出這麼棒的總結。你真是一個好朋友，靠著簡簡單單的一句話，就讓我馬上恢復了自信。」

「別客氣，因為你是我的朋友啊。我相信你也會為我做同樣的事情。」

我努力思索應該如何嘲笑席納斯，除了他那個在外太空都可以看得一清二楚的大鼻子之外。比方說，我可以笑他的長褲褲管永遠比他的腿還短五公分；我也可以笑他的耳朵裡面永遠塞滿了耳垢，多到可以在冬天停電時充當燃料。

或者，我也可以直接攻擊席納斯其他的弱點——例如他極度愚蠢這件事。

你們知道嗎？大家之所以排擠席納斯，並不只是因為他有一個大鼻子。其實到了七年級之後，大家就已經停止取笑他的大鼻子了，他原本可以變成一個沒沒無名的怪胎，根本不會有人注意到他是與我們同年級的學生。

大家之所以排擠他，是因為他是一個迷戀牆壁的超級大怪胎。

我不知道磚塊和水泥到底有什麼迷人之處，但是席納斯顯然對它們非常入迷。他會站在任何一面大於三平方公尺的牆壁前露出微笑，並且歪著頭以各種角度觀察那面牆壁，眼睛還會透出銳利的目光，彷彿他可以憑藉腦中的念力摧毀牆壁。不過，席納斯知道自己絕對不可以站得離牆壁太近。有一次，他就是因為太過靠近牆壁，結果別人將他的頭推去撞牆，害他整個鼻子都扁了，而且嚴重瘀青，看起來就像超級市場裡賣剩的肉片。

我曾經想過要好好提醒他這一點，或者他任何一種奇怪的舉動，比方說他現在一直黏著我的這檔子事。但是我不忍心開口。

就算提醒了他又能如何？反正他對各種羞辱早就免疫了。於是我們倆又繼續安靜的走著，來到席納斯專屬的牆面。他在牆壁前方停下腳步，盯著它看了好一會兒。

「那我們明天見囉？」我說。

「好。」他頭也不回的答覆我。

「明天一起走路上學？」

「好。」他依舊目不轉睛的看著牆壁上的磚塊。

「我會在這裡等你。同樣的時間。」

「我會準時到。」

「你當然會準時。」我喃喃自語完轉身離去，留下彷彿被人催眠的席納斯。

走了二十公尺後，我才突然想起應該要提醒席納斯千萬別說出今晚的事。

當我回過頭時，他的雙眼依舊盯著那道牆。

「我想你最好不要告訴我老媽今晚發生的事。」我大聲喊著。「你知道的，舞台劇的事。你也明白她的反應會多恐怖。」

儘管席納斯沒有轉頭看我，他還是點了點頭。反正他很清楚我老媽有多麼可怕。如果他不小心說溜了一個字，我大概在聖誕節之前都無法踏出家門一步。

4

在莎士比亞第五大悲劇上演後的隔天，日子還是像平常一樣開始。我起床之後，就先被樓梯口的嬰兒安全柵欄絆倒，摔了個大跟頭。

我的肩膀撞上樓梯階面，讓我忍不住開口大罵腦中能想得到最難聽的粗話。接下來，我每摔落一階就罵出一句不同的髒話，就這樣一路跌了十五階。

當我抵達樓梯最底部時，老媽也急忙衝過來，臉上帶著她每天早晨慣有的驚慌表情。

「查理，發生什麼事？」她的臉靠得太近，五官看起來都變形了。

「我從樓梯上摔下來！」還要我解釋嗎？難道這不是顯而易見？

「你又從樓梯上摔下來？怎麼可能？我關上安全柵欄的門，就是為了避免這種事情發生啊！」

一想到又要再次進行毫無意義的對話，我的內心就開始慢慢崩潰。

「妳錯了，老媽，我之所以從樓梯上摔下來，就是那個柵欄害的。妳為什麼要在樓梯口裝柵欄？我又不是小嬰兒，我已經十四歲了。如果妳老早拆了柵欄，這十年我就不會一天到晚從樓梯上跌下來。」

「你真是愛開玩笑。」她不太高興的摸摸我的頭，檢查頭上有沒有腫包。「你明明上個星期才從樓梯上摔下來，一路從二樓跌到一樓。」

「那是因為妳關上柵門！」我憤怒的大喊。「快點拆掉那道嬰兒安全柵欄！我已經可以自行上下樓梯了。拜託，老媽，求求妳，我根本不需要那道嬰兒安全柵欄的保護。」

老媽大概思考了十億分之一秒。

「我會和你老爸商量一下，看看應該怎麼做才比較好。但是別忘了，你還有更多問題讓我們操心。」

如果你們想知道我老媽最喜歡什麼東西，答案肯定就是「問題」，尤其是可以讓她繼續對我施加壓力、令我活活窒息的問題。老媽盯我盯得很緊，她喜歡擁抱我、捏捏我或拍拍我。即使她不在身旁，我還是可以感覺到她的雙手緊緊環抱住我，有時幾乎要喘不過氣來。在學校的時候，我絕不讓她靠近我身邊，以免被大家嘲笑是一個長不大的媽寶。

老媽認為的問題，其實都不是問題。

大約在一年半之前的某一天，我感冒發燒了。其實並不嚴重，只不過是流行性感冒，以及體溫升高造成的一點點頭暈目眩而已。老媽聽見我半夜跌跌撞撞走下樓梯，進了廚房。她趕到廚房一看，發現渾身是汗的我正準備把腦袋瓜塞進冰櫃裡。好啦，我承認當時確實有點行為錯亂，畢竟我發燒超過攝氏三十八度，整個人頭昏腦脹。

休息三個小時後，我終於覺得舒服多了，但是老媽的碎念卻讓我十分尷尬。

「你可能會因此窒息！」老媽對著我大喊。「萬一你不小心跌入冰櫃中，然後蓋子自動關上，我和你老爸絕對不可能發現你關在冰櫃裡！」

「老媽，冰櫃裡的冷凍肉已經多到滿出來了，簡直可以裝滿一整艘挪亞方舟，連挪亞本人也沒辦法多塞兩隻蝨子進去，更別說讓我跌進去了。」

「你覺得這種事情很好笑嗎？你是不是覺得很好笑？查理，我認為一點也不好笑！一點都不！」

一如往常，老媽的神經質再度發動攻擊。

每當我半夜去洗手間的時候，老媽總會出現在身後。偶爾我會順便溜進廚房吃片餅乾當消夜，這時老媽就會突然出現，雙手做出準備搶救噎食者的急救動作，以便隨時幫我把堵住喉嚨的食物嘔吐出來。

沒錯，我知道，我老媽這樣子真的很不正常，但就算和她爭吵也不可能有任何改善。我越是抗拒她，她就越束縛我。

只要與我有關，不論大小事她都擔心。她非得要確認一切安全無虞。

舉聖誕節為例：一年當中最歡樂的時刻，世界充滿平安喜樂，全家人可以聚在一起做很多事，比方說，一起裝飾聖誕樹。

但是在我們家並非如此。

一直到五歲，老媽才允許我在聖誕樹的小樹枝上掛些小小的飾品。

你們一定知道原因——因為聖誕樹非常危險，松樹的針葉相當尖銳，只要一個不注意，就會發生意外。我可能會因此失去一隻眼睛。

經過苦苦哀求老媽一整年，她才終於讓步，同意讓我幫忙裝飾聖誕樹，前提是我必須戴上泳鏡。

戴泳鏡裝飾聖誕樹！

你們能想像我看起來有多愚蠢嗎？我在客廳裡戴著蛙鏡，而距離我最近的游泳池遠在五哩之外。

戴著蛙鏡裝飾聖誕樹，會把聖誕節的魔幻氣氛全部搞砸。我絕對不騙你們。

所以，後來我就只是呆坐在一旁，看老爸動手裝飾聖誕樹。那是相當難得的機會，因為老爸大部分的時間都躲在廚房裡炒飯。老媽從來不曾要求老爸戴上蛙鏡，或是其他的護眼裝備。老媽當然不會這麼做，因為她的神經質只適用於身為獨子的我。

我曾經問過老爸，老媽為什麼總是這樣反應過度？但什麼答案也問不出來。

老媽總是說老爸「拿炒鍋比說話在行」，我覺得老媽評論得相當正確。老爸並非不懂英文，他十二歲的時候就跟著爺爺從中國來到英國，所以他當然會說英文。他只是選擇不開口，或者假裝聽不懂，這樣才能避掉各種麻煩，也不必和老媽吵架，反正凡事都讓老媽出面說話。

「你不能勸勸她嗎？」我懇求老爸。

他瞥了我一眼，彷彿說著：「你在開玩笑嗎？你還不了解她的個性嗎？」

「可是，如果真的有哪個人能夠改變她的想法，肯定就是你了，老爸。」

「情況沒有那麼糟糕吧，不是嗎？」

「沒有那麼糟糕？老媽根本不允許我參與任何事情，也不准我去任何地方。」

「說話不要那麼誇張。」

「我說話誇張？老爸，在我滿十一歲之前，老媽從來不准我去看煙火表演，因為煙火很危險。就算我苦苦哀求她，讓我隔著雙層玻璃觀賞煙火，她都不肯答應。假如我問她可不可以玩仙女棒，你覺得她會怎麼說？」

「總之，她是你的老媽。」

老天，我最討厭老爸說這句話了。這是他最常丟出的標準答案，既回答了所有的問題，也等同什麼都沒回答。因為這個答案的意思就是：閉上嘴，認命接受一切吧！因為你什麼都無法改變！

「所以這就是答案嗎？這就是你所能與我分享的智慧話語？」

老爸莫可奈何的聳聳肩，並拍拍我的手臂。他粗糙的手上長滿了繭，全都是這些年來拿著熱騰騰炒鍋磨出來的。

「我要去切菜了。」老爸最後補了一句，指指廚房。

「好吧，我不耽誤你準備糖醋肉丸的時間。」我嘆了一口氣，轉頭走向樓梯，並且在爬上最後一階時，用力踹開那道嬰兒安全柵欄的活動門。

由於用力過猛，我的腳有點痛。

我恨死了那道會發出喀嚓喀嚓聲的安全柵門。

5

既然提到了肉體的疼痛，我就順便告訴你們什麼是所謂的「羞恥之路」。每間學校的「羞恥之路」都不一樣，可能是將某人的頭按進抽水馬桶裡；或是把某人埋進螞蟻大軍出沒的跳遠沙坑中，只留下一顆頭在外面。不過，我們學校還要再特別一點。為了完全呈現數位時代的精神，本校的羞恥之路有一點網路快閃族的味道。

我心裡很清楚，毀了舞台劇演出之後，肯定躲不過羞恥之路的懲罰。這是無可避免的宿命。我走「羞恥之路」的次數已經不像以往那麼頻繁，不敢肯定他們什麼時候會對我採取行動。

有段時間，大家在玩弄我之前會先等上幾天，讓我以為自己已經安全，誤認他們忘了該懲罰我，僥倖逃過一劫。但是，他們根本不可能輕易饒我一命。等到我這隻笨笨的土撥鼠以為一切已經風平浪靜，試著想從地底探出頭來時，他們就會狠狠往我頭上猛踹，尋我開心。

不需要手機，也不用臉書，只要羞恥之路的公告一張貼出來，用不著幾分鐘，全校的人都會知道。沒有人會按「讚」，當然也不敢發表任何意見，那只會讓老師掌握充分的證據，加以干涉和制止而已。

總之，大家只需要把消息傳出去，然後準時現身即可。就算不實際參與執行，也可以在一旁觀看。

「羞恥之路」並非一種複雜的酷刑，用不著鉗子或電插座之類的道具，甚至也不用很多人參與。有一次，我遇過只有四個人加入的羞恥之路。但這不代表折磨就比較輕微，一旦參與的人數越少，使勁兒的時候就會越用力。

你自然會知道什麼時候該開始走羞恥之路。不止因為他們已經紛紛排隊站好，而是你也可以感受到那種氣氛，嗅到人們的殷殷期盼。我總是把這件事情想像成古羅馬那些神鬼戰士進行的生死之鬥，差別只在於當時的古羅馬人是等著欣賞媲美奇觀的決戰，而我是被大家羞辱。如果他們願意賞我鞭子或長矛，或許我們也可以模仿一下神鬼戰士的場景。但這是不可能的事，所以我還是別再繼續作夢了。與羞恥之路相比，大衛與巨人歌利亞[15]的歷史對決，簡直就是一場極為公平的賽事。

如果你聽見人們朝你聚集而來的吵雜聲，你就知道受死的時刻已經來臨。參與的人們會從四面八方接近你，排列成一條大約是你身材一倍寬的走道。這條走道寬敞得足以讓你通行，也狹窄得足以讓你感受到壓迫。他們會以整齊一致的步伐靠近你，就像一支意志堅定的軍隊，以增加效果。

等走道形成後，就該輪到你往前走了。雖然看起來輕鬆簡單，但是當他們開始抬腿朝你猛踹，你就會變得像八〇年代愚蠢電動玩具裡的英雄角色，必須不停的往上跳。

有些人會試圖分享他們毫髮未傷走完「羞恥之路」的戰略，但我才是最常走的人，所以我可以向你坦承：想要全身而退，根本是不可能的任務。

我什麼方法都試過了：全力衝刺、雙腳跳躍、單腳跳躍——甚至在慌亂時，我還考慮過直接用滾的。就理論上來說，所有的方式（除了最後一種）聽起來都不錯，但是我可以向各位保證，那些朝著你猛踹的無影腳，總是會有一腿命中你。一旦你被踢中，遊戲就結束了。記得保護好重要部位，然後穩住腳步，盡快通過「羞恥之路」。喔，對了，如果你被踢中，千萬不要讓他們知道是哪裡被踢傷了。你只能在心裡默默哭泣。

我知道這種酷刑有多麼折磨人，因為在那個遭十幾雙腳夾擊的狹小空間裡，任誰也沒有辦法逞英雄。但我不會被打倒，他們可以盡力踹我，踢得再久也無所謂，我絕對不會投降。我不想讓他們覺得滿足，相反的，我還要藉此養精蓄銳，把他們耗費的精力轉換成屬於我的能量。

只要等我找到某種屬於自己的專長、某種看似虛幻的能力、某項可以顯出我與他們不同的才華，他們就知道自己完蛋了。

到時候，我一定會比他們更厲害。不必踢他們，因為我會飛得很高很高，直達我這輩子都抵達不到的高度。更重要的是，他們再也碰不到我了。

15　譯注：出自〈撒母耳記〉的聖經故事，描述一名手無寸鐵的少年戰勝了可怕的巨人歌利亞。

6

「這裡是『特別好炒』。」我對著電話嘆了一口氣。儘管這個名字讓我幾乎想要用斷裂的筷子割掉自己的舌頭，我還是試圖表現出親切的態度。

「一個居住在外賣式中國餐館樓上的華裔孩子」就已經夠符合大家對種族意識的刻板印象了，而這家中國餐館竟然還取了世界上最爛的名字，更讓一切雪上加霜。

當初老爸買下這家中國餐館時，它的名字是「藍色蓮花」。我不懂「藍色蓮花」這個名字哪裡不好，但是老媽十分堅持，認為我們應該要替餐廳另取一個屬於我們自己的名稱。老媽還說，這家餐廳以前的老闆總是被大家取笑，因為無論是不是食物，到了他手中全都會被打得扁扁的。

因此，當老媽在紐蘭大道上看見一家名為「捲毛染髮」的理髮店時，就認為我們也可以模仿它的概念，玩一玩文字遊戲[16]，讓大家肚子餓時會馬上想到我們家的餐廳。

最後他們選了「特別好炒」這個名字，原本另一個候選名稱是「隨便你炒」[17]。我覺得這兩個

16　譯注：「捲毛染髮」的原文為「Curl Up And Dye」，用字結構與口語中的「Shut Up And Die」（去死吧！給我閉嘴！）雷同，屬於富有創意的店名。

17　譯注：「特別好炒」的原文是「Special Fried Nice」，為「Special Fried Rice」（特製炒飯）的諧音。至於「隨便你炒」原文為「Wokever You Want」，音近「Whatever You Want」（任君選擇），並巧妙的將「炒鍋」（Wok）置入文字中。

名字都非常糟糕，但是我的意見一點都不重要，畢竟我只是他們的兒子，哪裡懂得大人的想法？我只能戴著蛙鏡，渴望著煙火，並且充當負責外送餐點的小弟。

反正這家餐廳的名字糟不糟，對老媽來說根本沒差，因為每天晚上負責接聽客人點餐電話的人不是她。每次我都必須一面記下客人的點餐，一面忍受他們的竊笑，同時擔心這個爛名字會不會害我明天早上九點又被同學抓去走一趟羞恥之路。這種憂慮感始終不曾從我的腦海中消失。

我覺得老媽好像盡可能避免出現在餐廳裡。她彷彿不覺得餐廳就在我們家樓下，反而把餐廳當成一個混亂至極的場所，會對她的健康和安全造成嚴重威脅，所以無法忍受多看它一眼。

從我有記憶以來，老媽總是把她所有的精力放在夜間進修上，成天學一些新奇刺激，但坦白說有點古怪的課程。

你們應該明白我的意思吧？我老媽相當沉迷於充實自我，無論什麼樣的課程內容她都想要學學看，比方說：

插花

編織籃子

陶藝

木工

砌磚

摺紙

這些課程都不算太陽剛，也不會過於嬌柔。老媽不曾因為某些課程需要耗費體力就放棄嘗試。上述的那些課程，她全都學過了，但最奇怪的就是，她從來沒展示過學習成果。沒有證書或文憑，連課程相關的作品也沒有。夜間進修的這些年來，老媽連一個紙漿糊成的菸灰缸勞作都沒帶回來過。

我當然會覺得奇怪，很想找個機會問問老媽，但又不能表現出太過自鳴得意或帶有嘲笑她的意味。然而，老媽熱愛她晚間進修的任何一門課程，從來不曾蹺課，所以我問不出口。這問題對她而言好像太殘忍了，或許她只是手藝太差，不好意思帶作品回家。總之，老媽每個星期有三天晚上不在家，假如老爸也正好在忙，我就自由了。但即使自由了，廚房仍舊是我不得隨意進入的禁區。（因為廚房裡有危險的菜刀和滾燙的熱油。老爸的人生已經夠悲慘了，如果老媽下課回家後發現我身上多了一點點小傷，她肯定會把老爸當成冷凍炒麵丟進鍋裡炸。）

我接聽客人的點餐電話時，邊盯著被老媽鎖定在「摺紙頻道」的電視。但是耐性維持不了多久，手指就會蠢蠢欲動。

我每天晚上頂多只能忍受一個小時。只要一超過，我就會開始將手邊的任何東西摺成天鵝，例如菜單和報紙。要是有客人站在我面前夠久，我大概也會把他們抓過來摺一摺。但唯有在這時候，我才會想要感謝老天爺——這些年來老媽總會為了我的事情大驚小怪，我只有在櫃台接聽電話時才能享有片刻寧靜。

另外，在與老媽多年來的抗爭中，我還曾經贏得一次小小的勝利。雖然微不足道，但還是忍不住想大肆慶祝。我當時開心得就像贏得歐洲足球冠軍聯賽或諾貝爾和平獎。

兩年前，在我連續數月的喋喋不休、苦苦哀求以及逼真無比的假眼淚之下，終於說服老媽讓我擔任「特別好炒」的外送員。更棒的是，我甚至求到一輛腳踏車，當作我外送餐點時的交通工具。這可是相當了不起的大事。自從我六歲時從腳踏車上跌下來，在膝蓋磨出一公分大小的傷口後，腳踏車就成了我家的拒絕往來戶。

那時，老媽匆匆忙忙帶我去醫院，在急診室裡耗了好長一段時間。一開始，急診室的醫生還忍不住笑出來，覺得老媽太大驚小怪，但老媽堅持一定要照X光，否則不肯離開，結果就惹毛了醫生，讓他們氣得大聲罵人。那輛肇事的腳踏車因此收進車庫裡，藏在十幾個破爛的油炸鍋後面，從此再也沒有機會重見天日。

照理說，收到老媽新買給我的腳踏車那天，我的開心程度應該要遠遠超過這輩子經歷過的任何一次聖誕節才對。

應該是人類歷史上最值得開心的一天才對。

不幸的是，那天卻成為我拚命想用煤渣塊從腦子裡抹去的記憶。

我收到的不是閃閃發光、車身以輕鋁合金打造、有高檔的變速傳動齒輪和時尚流線的越野腳踏車。在我眼前的，是一輛一九七〇年代的老式鉛製三輪車，不但車頭前方裝了個菜籃，車身上還加裝了比機場跑道還閃亮的安全指示燈。

老媽還以為我是喜極而泣，一把將我抱進懷裡。但我只能感受到羞恥和痛苦，不斷的搖頭掙扎。

更慘的是，老媽彷彿認為我被折磨得還不夠，又拿出一套額外的禮物：一件不知道從哪裡回收來的寬大螢光單車服，以及一頂騎馬用的安全帽，上頭還黏著探照燈。

我的心在那一刻就死了。

我穿戴好裝備站在老媽面前，宛如天上最閃亮但也最可笑的一顆星。老媽顯得十分自豪。

「我必須先說清楚外送規定。你只能在天黑前外送；晚上七點之後，由其他人來負責。」

「可是晚上九點以後才會天黑啊！」

「我說七點就七點，你不想遵守的話，就什麼都免談。」

「反正已經有這些照明燈和螢光單車服了。」

「對，你在外送時一定要打開燈，並且穿上整套安全護具，每一趟都要照辦！」

「什麼？」

「我說『每一趟』，查理。」

「這樣的話，我會閃瞎全鎮上的機車騎士耶。」我哀求老媽。「路人也會停下來盯著我看。他們會嘲笑我，甚至還會拿相機拍照，把我當成一個低空飛行的飛碟。」

「這樣你才安全。我只關心你的安全，沒別的好說了。」

我以懇求的目光望向老爸，他轉過頭來，回我一個「畢竟她是你老媽」的標準眼神。我嘆了口氣，不知道該如何報復這一切，只好在戴上安全帽時，無奈的做出鬼臉。安全帽尺寸太小，緊緊夾著我的頭骨。

「好吧，你可以先騎騎看，去繞幾圈吧。」

「下次好了，老媽，再過四個小時之後天就要黑了，我想還是不要冒險好了。」

「在附近繞一圈不會出事的，我可以保證。」儘管老媽嘴上這麼說，臉上的表情又是另外一回事。

我只好跨過三輪車的車身，腳踩在踏板上用力一踏。

三輪車動也不動。

我試了一次又一次，三輪車還是不動如山。最後我整個人站在踏板上，全身繃緊得像一隻得疝氣的河馬，三輪車的齒輪才終於動了起來，將我載往前方。它的三個輪子分別轉了一圈，然後再度停下來。

馬路另一頭有群吵鬧的小鬼，指著我哈哈大笑。那種感覺就像是我踏出了邁向終極羞辱的第一步。這些死小孩的反應還算客氣，沒有對我出重手。

事實證明我說對，但也說錯了。這輛帶來毀滅的三輪車，在摧殘我的身體與心靈兩年之後，確實還引領我走向一條有別於羞辱的道路。

那是一條讓我欣喜的道路，與我目前人生所走的狹隘小徑不同，是一條出乎我意料之外的刺激大道、一條超級高速公路，而且這條路的路標上還注明：如果你想要受到大家歡迎，請往這個方向走。

7

我居住在一個平淡無奇的小鎮，但每次騎著三輪車將紅燒獅子頭送往貝爾費爾街五十九號的胖子家時，我都會忍不住感謝在天上守護我的幸運星，感謝它們讓這個平凡小鎮的馬路如此平坦。

經過痛苦又丟臉的一、兩個月後，我才終於慢慢適應三輪車。但它依舊跑不快。我的大腿肌肉現在可能已經練得像大力水手的手臂那麼粗壯了，可是一點幫助都沒有，因為「鋼鐵犀牛」（我替那輛三輪車取的名字）脾氣很硬，它不肯加速，只願意慢慢爬行。

一開始騎三輪車時，我真的覺得非常丟臉，因為就連五歲小娃都有辦法騎著有輔助輪的腳踏車超越我，並且在經過時嘲笑幾聲。某一天，甚至有隻小鳥飛下來停在我的三輪車把手上，牠八成將三輪車的把手當成了受海風吹拂而微微顫動的樹枝吧？說不定牠還打算要在三輪車把手上築巢，養育下一代。

這簡直是我這輩子最可怕的噩夢，而且無論別人怎麼說，我認為時間根本就不是最好的良藥。我就像是一個閃閃發光的怪人，在卡爾巷裡來來回回的忙碌著。三輪車前方的菜籃還掛著「特別好炒『得來速』」的牌子，提醒大家：這就是大白痴韓查理，他又上路了。

由於我忙著應付來自四面八方的羞辱，沒發現到我的人生即將改變……

那天，我正準備去送最後一趟外賣（即使當時太陽還高掛在天上，無情的炙烤我的後頸），突然身後傳來輪子的滾動聲，而且越來越響。

我全身緊繃，以為又有一群野蠻的小鬼準備來羞辱我，沒想到是一個和我年齡相仿的男孩子，踩著滑板從我身旁一溜而過。我的老天啊！他的速度好快！

他滑行而去的氣流掃過我身邊。他可能真的沒有發現我，也沒有羞辱我的意圖。總之，剛才那一幕真是我見過最酷的事了，他看起來就像沿著這條街飄浮前進。

在那一瞬間，我完全忘記三輪車的菜籃裡還有等待外送的美味佳肴。我急忙站起身子，用盡全力猛踩踏板。我絕對不能讓他離開視線，我要看清楚他是怎麼辦到的。幸好，在他前方大約五十公尺之處，出現了一張提供路人休憩的長凳。

我吃力的騎著三輪車往他靠近，一邊汗如雨下，一邊試著裝出酷樣。可惜他根本看都不看我一眼。他也沒有坐到那張長凳上休息的打算，相反的，他踩著滑板快速衝向長凳。

我嚇了一跳，因為平常只有我才會做出這種愚蠢的舉動，甚至一度以為我遇到了失散多年的兄弟。看著別人做出和我一樣的蠢事，感覺其實非常難堪，但我還是忍不住想盯著他瞧。原來在別人眼中，我的舉動就是這麼的白痴……

但是奇妙的事發生了。這件事不僅相當奇怪，而且十分精采，幾乎可以用「酷斃了」來形容。

就在滑板少年即將撞上長凳之際，就在他下一秒鐘就要被送進醫院急診室的時候，他突然一躍而上。

你們知道嗎？滑板跟著他一起跳過長凳，彷彿有人用強力膠把滑板緊緊黏在他的腳底，隨著他毫不費力的飛躍過長凳。他就這樣飛啊、飛啊，然後「碰」的一聲，滑板的輪子安全著地，少年也繼續踩著滑板往前而去。

看見這一幕的時候，我做了兩件事：第一件事，我先閉上因為吃驚而張大的嘴巴；第二件事，我開始用力鼓掌，像是個鄉巴佬。我不在乎滑板少年根本聽不見我的掌聲，也不在乎人行道的另一側有一對老夫婦驚訝的盯著我猛瞧。

我看見老先生用手指在自己的太陽穴旁繞圈圈，覺得我的腦袋有問題，但是我一點都不在意。我剛剛見證了一件有史以來最了不起的大事，而且我必須再多看一點。

我抬起頭，看見滑板少年左轉往威爾巷滑去，我猜他可能打算去公園。伴隨著新生的能量，我狂叫著以每小時半英里的速度往前騎去，完全不敢稍有停頓，直到他的身影再度映入眼簾。

我一下子就在公園裡找到了他，他身旁還有二十多個同樣玩滑板的傢伙。他們聚集在公園裡廢棄的戲水池，有些人在溜滑板，有些人則坐在滑板上，眉飛色舞的聊天。戲水池已經閒置了好多年，由於有些小孩在水池裡玩水後，染上某種十七世紀以來從沒出現過的怪病，家長便禁止孩子再到戲水池玩耍。池子裡的水被抽光之後，它曾因乏人問津而獨自悲傷了好一陣子，後來，一些玩越野腳踏車的騎士看上這個場地，最後連玩滑板的人也開始來這裡練習。

那些人給了廢棄的戲水池新生命，並在池子中央搭起一座高大如塔的U字型木製坡道平台，大到我不敢相信自己以前從來沒有注意過它。如果坡道平台是由磚塊砌成的，席納斯肯定會花整整一個月的時間盯著它看。

巨大的U字型坡道很高，大約是滑板少年身高的三倍，兩端各有一處平台，平台的寬度足以讓滑板少年站立，並且在下滑前先做個小小衝刺。

我把「鋼鐵犀牛」停在一棵樹旁，沒有上鎖（我暗中希望某個神經病偷走它），然後盤腿坐在距離戲水池不遠的地方。

真・的・是・太・神・奇・了。

滑板少年一個緊接著一個從高高的平台出發，以非常快的速度往下衝刺到底部，然後又向上飛馳。當他們飛至坡道頂端時，便用腳快速的翻轉滑板一圈，並且弓起身子抓住滑板，緊接著一個反身，讓滑板的輪子停靠在平台上。

我的嘴巴一直維持著像大喊「哇」的嘴型，整整十五分鐘，而且整個人呆若木雞，一句話都說不出來。

你們知道最棒的事情是什麼嗎？

有些時候，應該說有好幾次，有人會不小心從滑板上跌下來，他們一臉尷尬，動作也相當愚蠢。但是沒有人會嘲笑那些摔倒的傢伙，他們會扶起摔倒的人，拍拍他的背，給一個擊掌，鼓勵他再次嘗試衝刺。

就在那一刻，我知道這就是我人生的轉機！我終於發現一個不會嘲笑我有點笨手笨腳的地方了，因為這就是這個圈子的一部分。我幾乎已經可以感受到伙伴輕拍我的背脊，鼓勵我再接再厲。光是想到這點，我的心就狂跳不已，整個人亢奮無比。就是它了！

直到手機響起，我的思緒才被打斷。老爸的輕聲細語傳進我的耳朵裡。

「你的三輪車爆胎了嗎，兒子？住在五十九號的客人因為等不到外送，剛才打電話來罵人了。」

我頓時覺得，我的夢想比輪胎還容易洩氣。

我傻傻的幻想自己能夠靠滑板翻身，但是我身邊只有「鋼鐵犀牛」，一輛廢到不能再廢的三輪車。或許，我必須採取行動來扭轉自己的命運。

不過，我買得起滑板嗎？更重要的是：我要如何瞞過老媽，才能體驗這新鮮又危險的運動？

8

席納斯回答我的問題時，眼睛始終盯著磚牆。由於他緊貼著磚牆站立，只要他打一個噴嚏，整面牆都會沾上他的鼻涕。

「滑板？我不太懂滑板耶。但如果你真的決定要開始玩滑板，麻煩先通知我一聲，因為我需要存錢買一套參加葬禮的黑西裝。」

「別那麼讓人洩氣嘛。」我笑了出來。「玩滑板沒有你想像中的危險。我在滑板練習場看過，他們摔倒了也不會被其他人嘲笑，因為玩滑板本來就會跌跤。」

席納斯的兩隻眼睛突然瞪向我，眉毛也吃驚得高高揚起。他搖搖頭表示同情，然後又將目光轉回到磚牆上。

或許席納斯並不是適合傾訴心事的對象，但是我真的沒有其他選擇。我不可能向老媽要錢買滑板，老爸凡事都聽老媽，如果我去求他，他恐怕會向老媽告密，所以我只能來找席納斯。

一個星期以來，我滿腦子只想著滑板少年在公園戲水池練習的畫面。我上網搜尋過所有與滑板運動有關的資料，了解得越多，對這項運動就越入迷。我在網路上找到一些影片，影片中的主角叫做東尼・霍克，網友都稱他為「滑板之父」。他利用滑板做出許多違反邏輯和地心引力的動作，我千方百計想找出影片的破綻，例如是不是偷偷吊鋼絲或是使用剪接特效等，結果完全沒有！那個傢伙真的是傳奇人物。

由於我求知若渴，便把與他有關的所有影片和訪問都看了一遍。那些資訊只讓我產生一個念頭：我天生注定該玩滑板，而且唯有靠著滑板，我才能從人生的陰溝裡跳出來。

但是買滑板對我來說真的是一個大問題。新的我肯定買不起，因為我的撲滿裡只剩下一英鎊十四便士，全都是銅板，另外還有個一九七五年發行的半便士，以及一枚小賈斯汀[18]徽章。不要追問我為什麼會有那枚徽章，我也不知道它是如何溜進了我的撲滿，八成是席納斯的惡作劇。

我外送餐點的時候通常收不到小費，因為「鋼鐵犀牛」的動作實在太過遲緩，到客人家門口時，食物都已經涼了，因此打電話來抱怨的客人比點餐的客人還多。

我到拍賣網站上去碰碰運氣，只要哪個滑板賣家的所在位置距離我家少於十英里，我就下標。每當我以為可以順利用一英鎊買到便宜滑板時，總會有人冒出來競標，因此我打算豪氣的以一英鎊十四便士、一個已廢止的銅板和一枚小賈斯汀徽章買到滑板的夢想，也就破碎了。

我失敗了，甚至根本還沒開始進行，就已經失敗了。

這就是我來找席納斯的理由。他是我最後的希望。

「所以，我真正該做的，是找到一個有多餘滑板的人。」我嘆了口氣。

「聽起來確實是如此。」席納斯對這件事完全不感興趣，也不打算隱瞞他興趣缺缺的態度。他忙著將自己的大鼻子深深埋進一本看起來很新的筆記本裡。

「不然就是找到一個曾經嘗試玩滑板但後來放棄的傢伙。找到一個因為不想要保留滑板而願意將滑板送我的人。」我持續不懈的說著。

「你說得對，這麼好康的事情一定會發生在你身上。繼續做你的大頭夢吧，陽光男孩。」

就是這樣。以上幾句話就是席納斯對整件事情的貢獻。

我和席納斯在科學實驗室裡呆坐了二十分鐘，他一會兒在筆記本上胡亂塗鴉，一會兒又像做白日夢似的盯著我們面前那面牆。

正當我準備放棄時，席納斯終於又開口了。

「當然啦，你也可以去問問布尼恩，看他願不願意把他的滑板送給你。」

我的眼睛緊盯著席納斯。布尼恩是席納斯的哥哥，有一雙非常龐大的腳，與他的腳相比，席納斯的大鼻子簡直只像是一顆青春痘。

我經常懷疑他們家的基因是哪裡出了問題。幸好席納斯的父母親只有他們兩個孩子，因此世界上沒有出現一個耳垂拖到地板上的男孩。

「你是開玩笑的嗎？」我激動的說，「布尼恩有滑板？你從沒告訴我布尼恩有滑板！」

「你二十分鐘前才提到滑板兩個字。」

「所以當你聽見我說出滑板之後，需要花二十分鐘才能從你的大鼻子抵達大腦嗎？」

席納斯一如往常反擊了我對他的侮辱。「你這個大蠢蛋，正常人是用耳朵聽，不是用鼻子聽。」

我很氣自己罵人的功力這麼弱，而且我從來都沒有成功羞辱過席納斯。

---

18 譯注：小賈斯汀（Justin Bieber），加拿大歌手，青少年的偶像。

我一肚子火，站起身往外走去。席納斯連忙蹦蹦跳跳的跟上來，而且不停喘氣。

「你要去哪裡？」席納斯問我。他顯然不想錯過「查理死前的心願清單」第二集的內容。

「你覺得我要去哪裡？」我不高興的咕噥著。「當然是馬上去找布尼恩啊！」

9

對於布尼恩的外貌，你必須花點力氣才能想出一絲絲正面評價。

他的五官有點鬆散。事實上，他看起來就像被人類史上最大且最醜的棍棒嚴刑拷打過。關於他獨特的外型，我唯一能找出的優點，就是什麼樣的風都吹不動他。無論是強風、颶風或熱帶颱風，他的腳非常大，絕對不可能被風吹動。他的腳就像是人類版的樹根一樣。

布尼恩從七歲起就必須特別訂做鞋子，就算你直接把兩艘獨木舟套到他的腳上，他仍然會嫌空間不夠大，腳趾頭沒有辦法舒服的自由活動。

他顯然也無法踢足球，他的足球鞋大概各要裝上一百五十根鉚釘，才能讓他抓穩球場上的草皮。然而奇怪的是，我從來不曾在學校裡看過他被別人抓去走羞恥之路。我當然也不希望他是負責踢人的一員，因為他肯定會踢斷別人的腿。

布尼恩和席納斯一樣，就算怪異的外表造成任何困擾，他也從來不曾表現出來。事實上，他身上散發著相當自傲的態度。

他有一個習慣：喜歡踮起腳尖來回搖擺身體。搖擺身體的幅度之大，站在他身邊兩分鐘就會有暈船的感覺。他也深深明白，因此就拿來當成對付我的武器，尤其是當我對他有所求的時候。

「沒問題，你可以拿我的滑板去玩……」布尼恩露出令人不舒服的笑容。

我才不相信他這麼好心，他的滑板八成是哪裡有問題。說不定那個滑板為了配合他的大腳，有十五公尺長。

「……但是你必須付點代價。」

「布尼恩，我已經說過了，我沒有錢向你買，老兄。」

他故意誇張的倒抽一口氣。「我說的代價不是錢。你把我當成了什麼？禽獸嗎？」

他繞著我身邊走來走去。「不對，我指的是租金，你總該拿點東西來付我租金吧？你每租用一個星期，就必須從你老爸的餐廳拿些好料的來孝敬我。我喜歡你老爸做的明蝦炒麵，你一個星期只要請我吃四次就夠了。」

「一個星期四次？你知道明蝦要多少錢嗎？」

「拜託，你們家用的明蝦又不是多大隻的明蝦，你老爸拿來炒麵的根本就是普通的蝦仁。」

「一個星期一次啦。」

「三次。」布尼恩堅持。

「兩次，頂多再附一些蝦片給你。」

「還要附一顆滷蛋！」他的口水幾乎都快流出來了。

「好，成交。」我不大高興的說。

「很高興我們達成交易。」布尼恩喜形於色，大步走進他家的車庫。二十分鐘後，他拿著一個纏滿蜘蛛絲的滑板走回來。

「拿去吧。」他將滑板硬塞進我手中，彷彿拿的是一坨牛糞。「反正我從來都不喜歡玩滑板，只有笨蛋才喜歡這玩意兒。」

「謝謝。」我對他說，儘管我完全沒有感謝他的意思。我要這個爛滑板幹麼？它簡直比「鋼鐵犀牛」還糟糕。

「首期款請於星期四晚上六點半支付。千萬不要遲到。」

「好啦！」我不高興的嘟噥著，決定到時一定要在他的炒麵裡加耳屎。

但是我的壞心情並沒有持續太久。我偷偷摸摸的帶滑板回家，沒讓老媽發現。等我清掉滑板上累積多年的蜘蛛絲與灰塵之後，才發現它看起來不算太差，最起碼它不是四輪版本的破舊三輪車。滑板的正面全黑，反面則是露著愚蠢笑容的惡魔圖案。整個滑板的造型圖案沒有一絲刮痕，代表它幾乎沒被使用過。

唯一的問題是輪子。它的輪子會發出紅光，雖然我確實希望自己在滑板平台上上下下時可以引人注目，但由於這個滑板太久沒人使用，輪子全都生鏽，根本動都動不了。

我花了半小時包覆住輪子使勁的轉動，迫使它們屈服，還用掉半罐除鏽劑，滑板的輪子仍舊文風不動。

最後，我從廚房偷拿了老爸自製的炒菜油，灑在輪子上再靜置兩分鐘，祈求炒菜油能讓輪子轉動。結果，你們知道嗎？發出幾次嘰嘰嘎嘎的聲響後，輪子終於開始旋轉了，而且越轉越快，快到幾乎可以聽見炒菜油沸騰的聲音，我簡直可以丟青菜進去炒一炒！

我興奮的朝著空中揮舞幾拳表示慶賀。就是這樣，這肯定會是我輝煌成就的起點。

我自信滿滿的站到滑板上，後腳跟往滑板尾部用力一蹬，學滑板少年讓滑板往上翹的動作。

結果滑板從我的腳底下滑開，猛然衝向衣櫃，把衣櫃的門板撞裂了一大片。我整個人重重往後一摔，頭部直接撞上床腳。

我哀嚎了一聲，但是根本沒有時間自憐，老媽的腳步聲已經像閃電般衝上樓來。

「查理？查理，親愛的？你沒事吧？」

我毫不遲疑的從地板上跳起來，趕在老媽進入房間前先把滑板藏到床底下。我的表情看起來肯定很不自然，雖然假裝躺在床上，但其實頭上腫了個像網球一樣大的包。

「你是不是受傷了？」老媽大喊。

「沒有，我沒事。我很好，真的。」

「你確定嗎？」

「百分之百確定。」其實我的頭骨痛得快要爆炸了。

老媽懷疑的打量著房間裡的一切，想查出我剛才發生了什麼事。最後她的目光落在老爸的炒菜油上。

「你剛才到底在房間裡做什麼？」老媽問我，一面拿起炒菜油的瓶子。

我的頭實在痛得團團轉，導致我的嘴巴說出了最荒謬的答案。

「皮膚太乾了。」我急忙含糊地回答。「我的手肘又乾又癢，想要塗一點油來止癢。」

「是嗎？不要用這種油止癢。」

老媽緊接著開始檢查我的手肘、膝蓋，以及每一處關節。等到她確定我身上沒有任何疣、癬、濕疹、牛皮癬或軟骨病的跡象，才放心離開房間，並且還表示，二十分鐘之後她會再上來好好幫我檢查一次。

等到老媽的腳步聲消失在樓梯間，我才敢從床底下拿出滑板。看見它的表面出現了第一道傷痕，讓我忍不住皺眉，但這樣的結果已經算是幸運的了。

玩滑板的困難度遠比我想像中高出許多，因為老媽在生活中完全不給我任何隱私，我在她面前絕對不容許隱藏任何祕密。而且，就算我有辦法瞞住老媽，我也不確定自己要到何年何月才能直挺挺的站在滑板上，更別說是讓它滑動了。

10

於是，滑板訓練開始了。這是一項艱苦、吃力且必須保持最高機密的訓練，程度大概等同於英國空軍的新兵訓練及美國聯邦調查局的祕密特訓。或者說，我把這項訓練看得如此慎重，讓這樣的想像幫助我轉移身體持續疼痛的注意力。

我沒有細數衣服底下到底有多少瘀傷，因為早已多到數不清。瘀青的面積逐漸擴散、合併成一大片，讓我痛得要命。我身上的瘀青面積大概足以媲美貝克漢身上的刺青，只不過女孩子看到貝克漢的刺青時會開心尖叫，但如果看見我的瘀青，大概會嫌惡的慘叫。

這點毫無疑問。

我想盡辦法不讓老媽發現（我是指身上的瘀青，不是指女孩子），但是真的很不容易，尤其當我換睡衣準備上床睡覺，或者是當我脫掉衣服要洗澡時。老媽有個非常討人厭的習慣（她有許多討人厭的習慣，這只是其中之一），就是喜歡在上述時刻突然出現，問我想不想在浴缸裡加些泡泡浴劑，或者問我睡覺時需不需要在床邊擺一杯水。

我很想對老媽說：放我一馬吧！老媽！

我當然不可能真的對她這麼說，只能更加小心翼翼的在轉身前先鎖上浴室的門，並且想辦法找東西卡住門扉，甚至拿備用的衛生紙捲擋住門，希望能增添雙重保障。

雖然老媽常來煩我，但有時候我也會感到內疚。她畢竟是我的老媽，從她的眼中看得出來，她是真的擔心我，希望把最好的一切都給我。但是大部分的時候，她的好實在讓我招架不住，所以我只能像老爸一樣悶悶不樂的臣服於她，心情卻越來越鬱悶。現在我終於明白老爸為什麼總是沉默寡言。

儘管頭和身體都疼痛不已，我還是不肯放棄玩滑板的夢想。其實我已經有幾次可以在滑板上站直身子了，這真的是最令我興奮的時刻……即使我根本還沒開始讓滑板滑動。

一開始，我花了好幾個小時練習站在滑板上，並設法在不摔倒的情況下讓身體盡量往前傾，滑板的輪子彷彿威脅著要把我甩下來。我想像自己在滑板平台的U字型坡道上練習，當我往上衝刺時，腳下的滑板發出雷鳴般的怒吼，同時還有風聲以及其他選手倒抽一口氣的驚呼。每個人都屏氣凝神的看著我和我的滑板，因為我們溜出了英國前所未見的花式動作。

好吧，我似乎想得太遠了。我根本還沒有辦法踩在滑板上移動，更別說是往上飛衝了！但是光想像畫面就讓我興奮不已、備受激勵，鼓舞我繼續朝著夢想前進。

我終於可以在滑板上站直身體、保持平穩了。於是我打算放學後留下來，利用學校的空地練習滑行。我可以在停車場慢慢滑行，因為全校的路面就屬這裡的柏油空地最為平整。

但這樣很難不被別人發現，也很難不惹席納斯生氣，因為他不明白為什麼我不能每天陪他走路回家。

「喔？」他會不高興的說。「你有更重要的事情，是吧？」

我不想惹毛他，加上在學校裡練習也不太理想，我可能必須不停躲入草叢中，中斷練習。在練成滑板的本領之前，我寧可多摔幾次也不要讓別人發現。不過，依照目前的進度看來，我可能要等到西元二〇三七年才練得成。

我面臨的問題很簡單：無論多麼努力，只要一開始滑動，我就無法保持平衡，就算蹲下身子或屁股往後翹都沒用。為什麼別人玩滑板時看起來都那麼輕鬆簡單，我卻像小鹿斑比走在滑溜的冰面上，只有手忙腳亂的分？

就在我正準備放棄時，好運突然降臨了。那天我騎著鋼鐵犀牛去送外賣，心情非常不好，偏偏又不小心輾過破碎的酒瓶，三輪車當場爆胎。看來我只能雙手提著兩大袋外賣食物，走路送去給難搞的客人了。上次我遲到的時候，住在五十九號的傢伙恐嚇要把菜倒在我頭上，但我猜今年夏天應該不流行穿醬燒口味的褲子吧？你們能想像那種悲慘的畫面嗎？

我突然覺得有點恐慌，當下唯一的選擇就是溜滑板送外賣。我出門時把滑板偷藏在三輪車的籃子裡，因為我一直都是利用送外賣的空檔偷偷練習。現在到底應該怎麼辦才好？不管了，我應該放膽一試。於是我兩手各拿一袋外賣的食物，左腳踩在滑板上，用右腳開始推動滑板。

我不太確定勇敢或自信是從何而來，但是搖搖晃晃好一會兒之後，我終於開始移動。沒有從滑板上跌下來，也沒有讓身上又多一片瘀青。

這實在太令我驚訝了。好啦，儘管滑行速度並沒有打破滑板史上的任何紀錄，而且溜滑板也不是什麼了不起的創舉，但起碼我可以在滑板上站得直挺挺的，我可以站直身體滑動滑板！你們想知道我成功的祕訣嗎？關鍵就是手上提的兩袋食物。兩袋外賣餐點就像是腳踏車的兩個輔助輪，幫助我取得平衡，讓我穩穩的向前滑行。

我無法形容自己心中幸福的感覺，但我知道它不停萌生，從體內的每一條血管裡滲出來，大概這就是所謂的腎上腺素發生了作用吧？從我有記憶以來，老媽就一直阻止我體會腎上腺素上升的美妙感受。我真希望自己現在可以大聲告訴老媽她錯了，她根本不必那麼擔心，因為我並沒有摔死，我可以玩滑板同時注意自身安全。

踩著滑板前往五十九號住家的這趟旅程真是筆墨難以形容。儘管身體還是搖搖晃晃，但是我超越了一個騎小型腳踏車的七歲男童，我永遠不會忘記當下的感動。我強忍住轉圈圈和擺出勝利者姿態的衝動，內心欣喜若狂。

當我出現在第一位客人家的大門時，那個肥胖的傢伙看起來十分驚訝。他看看自己的手表，再度確認了一次時間，才從我手中接過他訂購的食物。這是他頭一次收到熱騰騰的菜肴。

「不錯嘛！」他露出笑容。「今晚不需要微波爐了。」他把一張十英鎊的鈔票塞進我手中。「不必找錢了。」

一英鎊五十便士的小費！太棒了。這是我目前收過最大方的小費。我喜出望外的收下錢，客人接著又提醒我玩滑板要小心，不要輾過路上的碎酒瓶，不過我當時一心只想著可以用這筆錢添購滑板的新配件。

由於只剩下一袋食物，因此我接下來的旅程只能搖搖晃晃的完成。

一開始我差點摔跤，後來我決定把食物抱在胸前，想盡辦法往前溜，只要覺得自己快要摔倒，就立刻往外伸出雙手。

我對著第二位客人的房子愚蠢傻笑，令他不禁懷疑的低頭檢查袋子是否被動了手腳，彷彿裡頭裝的是一枚炸彈。我一點都不在意他沒有給我小費，因為我終於可以在滑板上前進了。

我是韓查理，滑板界的明日之星。我已經迫不及待想踏上滑板練習台了！

11

每個人都可以有自己的祕密，但是我不行。

並非我選擇不要擁有，而是我沒辦法藏著祕密。事實就是如此。

我也希望能擁有一個祕密，深深埋藏在內心底層，陶醉在擁有它的得意感。既然別人都可以保有祕密，為什麼我不能？

然而，我的祕密卻在我的腦中燒出一個洞，不停的外洩，讓我的臉像燈塔一樣閃閃發光。距離兩英里內的人馬上就能察覺到我的心事。

尤其是我老媽。

她把早餐放到餐桌上，伸出手貼在我的額頭上。

「我不確定你今天是不是該去上學，年輕人。」老媽看起來很擔心，一如往常。

我繼續吃的我的麥片，故意不理會她說的話。

「你有點發燒……」她嘆了一口氣，「你確定自己沒有任何不舒服的感覺嗎？有沒有出疹子？或是其他任何症狀？」

「我沒事，老媽。真的。」

「但是你出汗了。」

「沒事啦。我只不過剛才在房間裡鍛鍊肌肉，做做伏地挺身之類的。」我向老媽展示我的二頭肌，但是一點說服力都沒有，因為我的手臂實在太瘦弱了。

「但是你看起來有點憔悴，也許你今天應該留在家裡休息。身體不舒服的話不用硬撐。」

我從椅子跳起來，腦袋不小心撞到餐桌上方的電燈燈罩。

「不需要！」我大聲的說，但我實在不該有這麼激烈的反應。「拜託，別那麼小題大作，我沒有一點不舒服。」

我今天絕對不能留在家裡。今天是我頭一次鼓起勇氣前往滑板公園的日子，也是同學即將對我刮目相看的日子，或者說，是他們即將第一次正眼看我的日子。

過去兩個月來我都在為今天做準備，每天花好幾個小時練習滑板、閱讀數不清的書籍和文章。我已經蓄勢待發，而且一定要在今天，如果今天不做，我會一直找藉口逃避。那不是我希望的結果。

「拜託啦，老媽。」我看她一臉受傷的模樣，便放低了聲音。「不必擔心，我真的沒事，甚至比好還要更好。事實上，簡直像中了魔法一樣神奇！但如果妳還是不放心，我可以多穿一件外套再出門。」

「你真是個好孩子，我很抱歉這麼大驚小怪。」老媽的眼眶彷彿噙著淚水。「但是，如果你在學校裡一有任何感冒的症狀，我希望你馬上回家休息。你懂我的意思嗎？」

「我懂。」我為了隱藏自己的罪惡感，隨即給了老媽一個擁抱。當她緊緊抱住我，並且壓痛我身上的瘀青傷口時，我必須強忍住疼痛，不敢顯露出任何怪異的表情。

「好了啦，老媽，妳可以放手了。」

但是老媽還是沒有放開，我只好蹲下身子掙脫她的擁抱，再從地板上滑開逃走。當我走到門口時，我確定自己聽見了一陣響亮的擤鼻涕聲，從老媽的方向傳過來。我希望老媽只是有點感冒，而不是因為剛才的對話傷了她的心。

五分鐘後，我已經展開可能會讓老媽失控抓狂的豐功偉業。

我在巷子口盡頭處的樹叢後方，趴在地下撥開樹枝樹葉，從土裡挖出我的滑板。

過去幾個星期，我一直把滑板藏在這裡，因為老媽三不五時就會跑進我的房間「打掃」，好幾次滑板差點就被她發現。

老媽表面上是替我打掃房間，實際上是想檢查裡面有沒有任何危險物品，例如紙張邊緣太過鋒利的家庭作業簿，或是拉鍊可能傷人的牛仔褲。

當然，每次她「打掃」完畢後，多半是兩手空空的離開，因為我沒有足以讓人致命的忍者飛鏢，衣櫃上方也沒有偷藏著奇怪的化學藥劑，企圖隨時拿出來玩。

我知道把滑板藏在外面非常危險，每次我將它從土裡挖出來之前，心臟總是在胸口狂跳不已，深怕別人已經偷走它。但是把滑板藏在外面真的是我所能想到最好的方式。

我已經花了相當多錢在這個滑板上，我用送外賣餐點賺到的小費支付租金。經過這些日子的相處，我已經不覺得它是布尼恩的滑板了。它是我的滑板，是完全依照我個人需求而訂製的滑板。我喜歡想像它是專屬我一個人的，除了我之外，沒有人能夠站上這個滑板。

我的手指觸碰到滑板的輪子時，原本因為不安而狂跳的心才稍稍緩和下來。但這時突然有一隻手從身後抓住我，嚇得我整個人跳了起來。

我緊張兮兮的轉過身，以為被老媽逮個正著，準備痛罵我一頓，沒想到站在身後的人不是老媽，而是席納斯和他永恆不變的大鼻子。

「大蠢蛋，你在做什麼？」

我氣得一把抓住他的上衣，對於他剛才差點嚇死我的舉動，我不知道自己究竟該親他一下還是捶他一頓。

「不關你的事！」我大聲吼他，迅速把滑板收進書包。

「那個是滑板嗎？」

我兩眼盯著席納斯，對他這麼白痴的問題不禁有點疑惑，不確定他是不是想玩什麼花招。

「對啊，有什麼問題嗎？」

「這麼說，你還沒有放棄滑板，是嗎？」他臉上有一絲絲受挫的表情。

你們應該不難想像，玩滑板這件事情早已取代席納斯在我生命中的地位。但是我沒有想到這會讓他覺得不開心，因為我認為在他心目中，我也隨時可以被一面嶄新且迷人的磚牆取代。從席納斯此刻表露的神情，我確定自己的想法是錯誤的。

「你現在練得怎麼樣了？摔斷幾顆牙齒了？」

我馬上張開嘴，讓他瞧瞧我全員到齊的潔白牙齒。「玩滑板對我來說一點都不難，完全不成問題。」我對席納斯說了謊，不想讓他知道我全身上下都是摔傷造成的瘀青。

「是嗎？可是對布尼恩來說，問題可大了。」席納斯不大高興的表示。「自從你向他租借滑板之後，他的體重就不停增加。我媽希望布尼恩減肥，所以一直威脅他，如果他繼續吃蝦餅，就要送他去減重營。」

和布尼恩簽訂不平等滑板租借條約，對我來說其實也不好過，因為我必須經常欺騙老爸有客人訂餐，送去給布尼恩之後，再兩手空空的告訴老爸客人拒絕付錢。我現在才懂得感激老天爺給我一個這麼安靜沉默的老爸，如果老爸是個脾氣火爆的人，恐怕早就拿著菜刀衝去找客人理論，逼他們把吃下的餐點全吐出來！

因此，布尼恩變胖這件事對我來說根本無所謂，反正那個貪心的飯桶是自找的，活該！如果他真的想要減肥，免費借我滑板不就好了嗎？

我和席納斯慢慢往學校的方向走去，席納斯邊走邊翻閱著他的筆記本。我不知道他在筆記本裡寫些什麼，但是他看起來相當得意。

「你現在的程度如何？」席納斯問我。

「什麼東西的程度，你是說玩滑板嗎？」

「不，我是問你跳芭蕾舞跳得如何……廢話！當然問你玩滑板的程度。」

「還過得去。」

「已經會花式動作了嗎？」

「還沒有辦法。我不敢嘗試那些花式動作，但是我已經會轉彎了。」

「你已經會轉彎了？我的老天啊！」席納斯的語氣充滿嘲諷。「你這幾個星期以來的苦練，真是相當值得啊！」

這句話終於惹到我了。為什麼他老是如此嚴苛的看待我所做的每一件事？他自己的人生根本也沒有比我的長進多少，每個人都覺得他是一個怪胎，但是他卻完全不在乎。最起碼我還肯試著扭轉別人對我的想法。

「你知道嗎？其實你可以對我表達一些支持的態度，而不是只會嘲笑我。據說，朋友之間都會互相鼓勵。」

他一臉疑惑的看著我。

「你說什麼？」

「席納斯，我很好奇你為什麼經常跟我混在一起？說真的，我甚至不確定你到底喜不喜歡我這個朋友。」

「查理，我們經常混在一起，根本不需要任何理由。」席納斯表情嚴肅的回答。「你是真的不明白嗎？因為其他人不想與我們往來，所以我們只好湊在一起互相取暖，並且設法和睦相處。」

席納斯說得相當認真，但是我刻意不聽他所說的真相，以免我最近好不容易建立起來的自信心又在瞬間瓦解。於是我搖搖頭，繼續往學校的方向走去。

「怎麼了？」他問。「我說錯了什麼嗎？」

「沒事。你說的都沒錯，你說的全部都對，我完全不意外你會如此回答。」

「幹麼這樣啦！」他用鼻子呻吟著。「告訴你一件事：我決定今天去看你練習。今天放學後，我要去看你玩滑板。」

「哇，你真是太好心了。」我故意挖苦他。

他一臉驕傲的拍拍我的背，完全聽不出我語氣中的諷刺。

「沒錯，我這個人就是這麼好！」他笑著說，「朋友就該如此，不是嗎？」

我實在不知道該怎麼接話，於是繼續往前走。席納斯隨後又被校門旁的水泥牆迷住而佇足不前，我沒有停下腳步等他。

12

我做了一個錯誤的決定。事實上，這絕對是自從鐵達尼號的船長在出勤最後一晚忘記穿上救生衣以來，人類史上最糟糕透頂的決定。

我發誓，如果不是公園那座滑板平台在一夜之間增高了一公尺，就是我的身高縮水了。上述兩種可能性，我不確定哪一個比較糟糕。

席納斯陪在我身旁更是雪上加霜，我不希望這件事變成一場驚奇大觀。

「哈！你是在開玩笑吧？」席納斯提高了聲調。「你真的打算從那玩意兒上面直接跳下來？」

「我沒有打算從那上面直接跳下來。」我嘆了一口氣。「但如果你不閉上嘴的話，或許我會把你從上面推下來。」

「你有種就試試看。」席納斯用肩膀撞了我一下，那種力道遠超過朋友之間打鬧時該使出的力氣，還害得我手裡的滑板掉在地上，發出一聲巨響。

我趕緊不好意思的撿起滑板，希望那些站在滑板平台旁的滑板少年沒有注意到我們。

「我想，我還是先到公園另一頭練習好了，我需要舒緩一下緊張的情緒。」我這句話其實是對自己說的，但是席納斯當然也聽見了。

「這是正確的決定。你何不去找一個淺淺的小窪地，玩玩水就好？記得先捲起褲管喔，需不需要我幫你？」席納斯從大鼻子噴出輕蔑的鼻息，足以吹走一個休旅車大的妖怪。動作相當的「優雅」。

「拜託你幫幫忙，請你好好坐在這裡，不要亂動，可以嗎？」我指指滑板區外圍的草坪。「如果你一直黏在我身旁打氣，我恐怕會承受不了。」

「好主意。」席納斯一屁股坐到草坪上，雙眼立刻聚焦在公共廁所的磚牆以及他的筆記本。如果我運氣夠好，接下來的一個小時他都會盯著那兩個東西看，完全不會來煩我。

通過滑板區的入口時，我的心臟幾乎就要跳了出來，那種感覺就如同我終於有機會擺脫這輩子所有難堪，我的人生終於可以重來，展開正常的生活。

突然有個滑板少年滑過我面前，我不小心把他從滑板上撞了下來。

「真是對不起！」我連忙大聲道歉。

他面帶笑容對我揮揮手，又站回滑板上。我原本從胸口跳出來的心臟這時又乖乖爬回胸腔內，並且警告我不准再搞砸了。

滑板區內到處都是人，每個人都踩著滑板往不同的方向飛馳：有些人滑飛的高度甚至遠遠超出我認為人類所能做到的極限。當他們飛躍時，會發出風兒的呼嘯聲，那種感覺就和我想像中的一樣，讓人非常興奮。

我坐到一張長板凳的角落，但是剛好有一個滑板少年打算用那張長板凳來練習。他沒有開口要我離開，只是直接溜過我身旁。他的路徑和我所坐的位置僅僅相距幾公分，但是他拿捏得十分精確。就在那一瞬間，我對滑板運動的愛意又多了幾分。

有兩個人站在旁邊觀看其他人練習，拿著手機拍攝他們練習的畫面，一面對他們發出鼓舞的歡呼聲。過了一會兒，他們便朝著我走來。我知道他們都是我們學校十年級的學生，這兩個傢伙頭髮亂七八糟，走路時還拖著奇怪的步伐，我無法想像他們如何能夠優雅的站在滑板上。

「我們好像認識你，對不對？」個子比較高的男孩開口問我。

「沒錯，你就是那個家裡開中國菜館的學生，在學校裡經常鬧笑話的問題人物。」

我不敢反駁他。在這種充滿壓力的場面，我只敢用我難聽的聲音，百分之百附和他的說法。

其中身材比較高大的學長臉上已經開始冒出鬍碴了，他面帶微笑，用手指著我。

「沒錯，我認出你了。你之前曾經害一位工友摔斷腿。大家都知道，他摔得超慘的！」

「聽說他縫了十五針。」另一個學長語調誇張的接話。

其實這並非我希望別人認識我的方式。

「我叫做查理。」我連忙口齒不清的報上名字，向他們伸出手。

「我是阿丹。」他們當中的一人也跟著自我介紹。

「我是史坦。」另一個男孩說。他們兩人都以一種真誠的態度與我握手，讓我相當意外。雖然他們看起來好像不太聰明，但是動作非常靈活。我不確定自己是不是應該改個名字，假如我的名字和他們的名字押同樣的韻，或許他們比較容易記得。

「你玩滑板多久了？」史坦問我。他的眼睛一直盯著我的滑板。

「不太久，只有幾個星期而已。」我擔心自己的技術還太差，所以不打算據實以告。我希望他們對於我的表現感到讚嘆，而不是被我笨拙的動作嚇到。

「你的滑板很漂亮，是新買的嗎？」

我看著他們，希望自己的回答能夠很得體。

「對啊，這是我存下打工的錢買的。所謂『工欲善其事，必先利其器』嘛。」

我非常希望他們沒見過我的「鋼鐵犀牛」。我想我這輩子絕對忘不了那台讓我如此丟臉的三輪車。

「你的想法很正確。這個品牌的滑板棒透了，而且價格不便宜，它們的輪子可以轉得很快，速度快得幾乎會讓人流口水。」

沒想到我的滑板替我開啟了新的聊天話題。儘管這兩個人年紀比我大，而且顯然玩滑板的技術也更好，但是他們看起來似乎對我頗感興趣。他們接著又問我平常在哪裡練習，更重要的是，他們還問我已經學會了哪些花式。

「我會的不多。」我不好意思的脹紅了臉。「其實我之前還在設法不從滑板上摔下來。」太畏畏縮縮了！我是否不應該這麼卑躬屈膝？我真的不知道，但是擔心會招來最糟的後果。

阿丹不以為意的揮揮手。「你不必擔心摔下來啦。那些可以在滑板上站穩的傢伙，其實都把身體放得很鬆。」

「沒錯。」史坦也表示同意。「而且你看看這個。」他捲起袖子，露出他手臂上與我相同的瘀青。「這是在圖書館的樓梯摔出來的。」他得意洋洋的說。「最前面六階還沒有問題，等我滑到第七階時，就摔了一個大跟頭。」

「下次你一定會成功，兄弟。」阿丹說完，用力拍了拍史坦的背。

「沒錯。」我馬上跟著贊同，但不確定是否也該用力拍史坦的背。也許我不該這麼快就和他們裝熟。

我還不太清楚朋友之間互動的界線在哪裡，因為對我來說，結交新朋友是一個全然陌生的世界。我從來不曾與席納斯以外的人聊過天。

阿丹和史坦把我拉到公園的一側，開始教我如何用滑板做出「飛躍」的動作。

「這是最適合初學者練習的基本動作，你可以感受到氣流從滑板和地面之間竄過，沒有比這更令人開心的了。」阿丹說這句話時的神情十分陶醉，宛如老祖母在過聖誕節時會露出的表情。

他們臉上那種情緒化的表情不一會兒就消失了，因為他們緊接著便開始教我如何與滑板一同飛躍，我的老天，他們倆真的是非常厲害的老師，只不過短短半個小時，就已經讓我學會在空中翻騰的技巧了。雖然滑板的輪子只離開柏油路面百萬分之一秒的時間，但我覺得自己好像已經會飛了。

他們對於我的表現似乎也相當滿意。

「你飛得很不錯喔！」阿丹尖聲的說。

「沒錯。我當初花了好久才學會這一招。」史坦也跟著附和。「再過幾個星期，你就可以到滑板平台上大顯身手了，我相信絕對沒問題。」

這一切簡直順利得令我難以想像，就像神話故事似的傳奇。這時我突然想起了席納斯，於是轉頭看看他，但是他並沒有看我。好吧，他一開始確實看了我一眼，非常短暫的一瞥，但他隨即又把自己的大鼻子和鉛筆埋進筆記本裡。

「那個人是你的朋友嗎？」阿丹問我。

「呃……」

史坦打斷我。「我在學校裡看過他。大家都覺得他是一個怪胎。他總是站著不動，眼睛盯著空曠的地方，看起來就像是搞笑海報上的人物。」

他們又說了一些席納斯的老舊傳聞，一如我每次走在學校走廊上時，聽到別人說的關於我的閒言閒語，讓我覺得自己就像是一個外星人，不應該誤闖這間學校。

阿丹和史坦毫不知情的指著席納斯竊笑，但是出於某種理由，我沒有糾正他們的評論，也沒有告訴他們席納斯很正常，他是我的朋友。

相反的，我只是靜靜站在那裡，聽他們取笑席納斯。即便席納斯抬起頭來看向我們這邊，我還是沒有替他辯解。我默默的把滑板放在地面上，又開始練習「飛躍」的技巧。於是席納斯收拾好自己的東西，轉身離開了草坪。我當時覺得非常內疚，胸口隱隱作痛。

「你想不想認識其他人？」阿丹問我。這時席納斯已經消失在我們的眼前。

我應該婉拒阿丹的好意，感謝他們教我「飛躍」的技巧，然後結束今天的滑板練習。我應該趕緊去追席納斯。但是我沒有這麼做。我當然沒有。

相反的，我把和席納斯有關的一切想法全部掩藏起來，朝著阿丹點頭如搗蒜，就像一條頭探出車窗的小狗。我天真的跟著阿丹和史坦去認識新朋友，這是我有生以來頭一次感受到自己的存在，感覺自己終於和這個世界有了連結。

13

自從那天開始，我幾乎把時間都花在滑板公園裡。放學後和週末假日，我總會盡速完成送外賣的工作，然後衝往滑板公園練習。就算只有短短五分鐘也無所謂，因為我必須把握每一分每一秒，學習玩滑板的各種技巧。

現在我已經學會了「飛躍」，動作大致可以掌控自如。我只要雙膝蹲低往上一跳，就可以讓人和滑板一同往空中高飛。我在一個月的時間內密集練習其他的動作，包括「一百八十度反轉」、「飛踢三百六十度翻轉」和「後腳跟三百六十度翻轉」。我之前曾經在網路觀賞過這些動作的影片，但是萬萬沒想到，有朝一日自己也能試著做出這些動作。阿丹、史坦和其他新認識的滑板男孩都非常厲害，而且他們經常鼓勵我、糾正我的站姿，並關心我能在滑板上保持多久的平衡而不會摔倒。

就算我在眾目睽睽下出糗也沒關係，因為每個人都有失敗的時候。而且，這些人也不會嘲笑我是滑板公園裡最矮的傢伙。

如果真要說他們對於我的身高有什麼看法，那就是他們覺得矮小的身材有利於玩滑板。

「查理就是迷你火箭人！」

「查理的重心比較低，有利於完成每一種動作。」

聽他們這樣說，我都會感覺有些奇怪。我真的不知道應該如何回應，因為我不太習慣被別人讚美。他們稱讚我的時候，我都會特別用心傾聽，以免他們其實是在說別人。我是說，即使是我唯一的朋友席納斯，也不常發揮他善良仁慈的一面。因此，每當聽見滑板男孩對我的讚譽，我就覺得自己好像變得高大了一些。

這些轉變也影響了我在滑板公園外的人生。雖然大部分同學都還不知道我已經開始玩滑板，但是每天早上當我走進學校時，已經不再感到害羞和困窘。我開始敢看著別人的腳，而不再只是低頭看地板。如果別人趁我在置物櫃放東西時踩我的背，我也敢大聲表達出不滿。

唯一讓我覺得遺憾的是席納斯，他幾乎消失了。我在每節下課空檔和午餐時間尋找他的蹤影，但是他彷彿刻意躲起來。就算我真的找到了他，他也總是沉默不語，表現得意興闌珊，不再對我冷嘲熱諷或故意作對。也許他嫉妒我的轉變，但也許他是對我不屑。無論什麼理由，席納斯和我的友情已經變質了，但是我對於這樣的結果完全無能為力。我基於內疚，曾努力嘗試修復我和席納斯的關係，畢竟我在阿丹與史坦說他壞話時袖手旁觀。但是我的熱臉碰上了席納斯的冷屁股，他總是以聳肩或悶不吭聲來回應我示好的舉動，讓我心灰意冷，也不想再繼續努力。我寧可去滑板公園，開開心心的練習各種滑板技巧。

我在家裡的生活也變得不太一樣。老媽又報名了新的課程，這次是某種利用烤熱的石頭替人進行治療的課程，聽起來有點像是酷刑，一點都不好玩。但無論如何，這表示老媽每天晚上又要花更多時間學習新才藝，我和老爸看見她的時間也越來越少。

奇怪的是，老媽看起來並不快樂。她總是心煩意亂，額頭上的皺紋也越來越多。

「老媽，妳真的喜歡這些課程嗎？」我忍不住開口問。

老媽回答我的時候，臉上的微笑相當缺乏說服力。「我很喜歡啊。」老媽說，「你為什麼這麼問？」

「我也不知道，但我總覺得妳好像對這些課程沒有太多熱情。」

這是真的，除此之外，老媽還有更多不對勁的地方。她已經好幾個星期沒有對我大驚小怪了，幾乎沒有。有一次，我在滑板公園裡練習過度而摔傷了臉頰，那麼明顯的傷口當然逃不過她的法眼，所以當我在浴室裡拿棉花棒清理傷口時，她衝了進來。

「查理寶貝，你沒事吧？」

我頓時身體緊繃，大腦轉個不停，急著搜尋正確解答回應老媽的問題。

「嗯，我沒事，只是擠痘痘的時候太用力了。」非常爛的答案，我真想埋怨自己的腦袋怎麼會想出這麼差勁的理由。

通常在這種情況下，老媽可能已經開始瘋狂上網搜尋「臉部創傷」的相關資訊，但她卻沒有任何反應。她沒有撲向我急著檢查傷口，也沒有逼我馬上躺下來休息靜養。相反的，老媽的目光像鬼魅般呆滯，空洞的眼神彷彿無視我的身體，直接投向後面的牆壁。

「擠痘痘對皮膚不好，會讓皮膚受傷。」她輕嘆一口氣，遞給我從櫃子裡拿出來的消炎藥膏。

我應該要鬆一口氣，或是感激老媽放我一馬，但是我卻沒有。老媽一定有什麼地方不對勁，她的性格不可能在一夜之間轉變，這在我們家絕對不可能發生。

所以，頭一次輪到我憂心忡忡的關心老媽。

「呃，老媽，妳還好吧？」

「親愛的，你這麼關心我，實在是太貼心了。」她把我拉進懷裡，我覺得老媽的身體抽搐了一下。「我很好。真的。但如果你不要再繼續擠臉上的痘痘，我會更開心。」只有這樣，老媽說完之後就轉身走開，她準備出門搭公車，拿一些滾燙的石頭摧殘某些毫無心理準備的可憐人。

「老媽真的沒事嗎？」我趁餐廳裡沒有客人的時候詢問老爸。

老爸一如往常，什麼忙都幫不上。他只是望著老媽漸漸走遠的背影，直到她消失在街道盡頭的轉角處。「你知道的，你老媽就是這樣……」老爸說完，又轉身走回廚房去。

我坐在櫃台後方包裝著蝦片，一面反覆思索著老媽的轉變，整個人心神不寧。我是不是應該好好關心一下老媽？但是這麼做會不會讓我變得像她一樣神經質？最後我拋開了這些煩憂，心中忍不住發出小小的歡呼聲。如果老媽的轉變能夠讓我獲得喘息的機會，就代表我可以擁有更多時間練習滑板了……這麼說來，這種轉變未嘗不是件好事。

趁著老媽不在家，加上她的心思也不再聚焦於我身上，我一定要好好把握這大好的機會。我可以盡情練習滑板，以越來越快速的方式踩著滑板送外賣。我私藏的小費也越來越多，全都存放在我床底下的錫罐裡。

我無時無刻只想著一件事：我要登上滑板平台。我心裡一直想著滑板平台，希望自己可以征服那個龐大的怪獸。如果我能戰勝那隻大怪獸，別人對我就會更加尊敬，到時候就可以擺脫笨拙大王的臭名了。光想到這一點，手心就已經興奮得冒汗。

我該如何開始在別人面前練習呢？我的意思是，雖然滑板場上的新朋友總是鼓勵我，就算跌下來也沒有關係，但是滑坡上隨時都有那麼多人在練習……萬一我拖累其他人，絆倒了他們怎麼辦？到時候就會看見一大堆滑板堆疊在一起。我開始想像，忙亂的救護人員急著把十幾個滑板和十幾雙互相交疊的手腳逐一分開。偏執的想像畫面充斥在我腦中，這不是一件好事。

我想等天黑後再去滑板公園練習，因為那個時候已經沒有人在滑坡上練習了。但是這麼做的風險很大，因為老媽的行程不太一定，如果我出門時撞見老媽出現在櫃台，就必須瞎掰說要去席納斯家寫作業。但是這套謊言實在爛到不行，連我自己都覺得破綻百出。

沒想到，老媽相信了。不過老媽不太喜歡席納斯和他的家人，我覺得她擔心我會被他們家族身上的龐大器官絆倒受傷，需要送往醫院急救。

事實證明我的計畫完全沒用。晚上公園裡的燈光太暗，滑板平台周圍的光線不夠，我根本無法練習，除非先外接一盞照明燈。

這件事開始困擾著我。我實在不應該浪費這麼多時間苦惱這件事。老師教三角函數時，我根本無心聽課，只顧著在紙上畫滑板平台。結果老師發現了，警告我假如敢再犯就要通知家長，讓我十分受挫。

最後，我只好向新朋友阿丹和史坦求助。

其實我在學校裡經常遇見他們。他們聊天的時候，我就站在旁邊聽；他們笑的時候，我也跟著笑。不管他們說些什麼，我就拚命點頭。但是我們在學校裡不太常交談，只有在滑板公園裡才會聊天。我覺得這種相處模式很不錯，我想你們應該明白，因為他們是學長，我在學校的時候能站在他們旁邊，就應該感到萬分榮幸。

當我告訴他們，我很擔心登上滑坡練習時，他們倆都笑了出來。

「伙伴，你當然會害怕啊！害怕就是在滑坡上練習的重點。如果你不害怕的話，就不會感到興奮和刺激了。」阿丹說這些話的時候，兩隻眼睛睜得大大的，彷彿他剛剛在三十秒內用吸管喝光一打紅牛能量飲料。

史坦同樣也顯得興致勃勃。

「完全正確。如果你對滑坡沒有一絲敬畏的話，它就會一口吞噬掉你。沒有什麼好擔心的，你在滑板公園裡有最棒的老師指導你。我們會教你征服滑坡的訣竅。」

在他們的激勵下，我已經迫不及待的拿起滑板，準備立刻登上滑坡練習。

「喔！喔！大個子，別急著現在就去。」阿丹連忙阻止我，「現在滑板平台那裡人太多了。星期天早上人比較少，這樣你就不會那麼緊張，也比較不容易受傷。」

他們兩人對我點點頭，並迅速與我握手。由於他們動作非常快，我幾乎沒有觸碰到他們的手指。然後他們就踩上各自的滑板，留下我獨自一人默默期盼星期天的到來。

14

星期天終於到了。它就像是罹患了氣喘病，氣喘吁吁的朝著我緩緩靠近，不肯直截了當現身在我面前，彷彿非要加重我的神經質症狀，害我變得緊張兮兮。

我一心想著應該如何完成我的滑坡處女秀，其他任何事情都不想理會。無論醒著還是睡著，我的腦子裡只容得下這件事。

星期天早上，當我不耐煩的刷牙時，突然被鏡子裡自己的眼袋嚇到。我本來以為全世界不會有人看起來比我更疲憊了，直到我看到老媽。

老媽癱坐在廚房餐桌前，手裡拿著一杯熱騰騰的咖啡，全身無力的往下垂。我問她是不是哪裡不舒服，但是一連問了三次，她才聽見我的問題。

「妳是不是晚上上課太操勞了？」我又問了老媽一遍，懷疑是不是應該改用手語來問她。

她試著對我露出笑容，但是笑得很勉強。「不會，不會。上課很好玩。我覺得我已經抓到竅門了。」

老媽表現得一點都不像她自己，讓我覺得眼前這個婦人根本不是我的老媽。她的個性變太多了，或許我應該去後院檢查看看是不是有外星人入侵。對於老媽這樣的轉變，我需要一個合理的解釋。

老媽看起來真的很不一樣，彷彿有人像揉廢紙一樣揉皺了她的臉，讓她的模樣老了二十歲。她出於下意識摸摸自己的臉頰，臉上的皺紋在雙手撫過時短暫消失，隨後再度浮現。

我嚇壞了。我當然嚇壞了，因為老媽從來不曾如此憔悴，這不是她的風格。

如果有任何人或任何事敢向她挑戰，或者指責她犯了錯，她一定會反擊到底。在必要的情況下，她可能還會亮出指甲、提高音量嚇唬對方。也許別人會覺得她是個連閻羅王都感到頭痛的人物，但起碼老媽總是精力旺盛，並且充滿熱情。她上夜間進修課程已經持續八年了，這就是最好的證明。

所以，我忍不住問老媽一聲。

「老媽，妳確定妳沒事嗎？」

她勉強抬起頭來，看著我的眼睛。她的眼中閃現出慈愛之情，又立刻消逝。

「查理，你這麼關心我，真是我的好孩子。我很好，只是有一點累而已。」

「妳為什麼不回房間休息一下？如果妳想喝點什麼，我可以送到妳房間去。」

我覺得這個建議不太高明，因為老媽不可能接受。但如果她真的回被窩裡休息，我就可以輕輕鬆鬆的溜出去。此外，如果我不必對她瞎掰一些出門的理由，也就不會有沉重的罪惡感。

「也許我可以回去再躺一會兒，多睡半個小時應該不是什麼壞事，對不對？」

「當然不是壞事。」我點點頭，然而她的回答卻讓我忍不住想進一步了解，她到底出了什麼事。

我和老媽就這樣靜坐了一分鐘。我覺得如果我轉身走開，她可能會趴倒在她的咖啡杯裡，在咖啡中溺斃。

「妳快點回房間去休息吧。」我在她耳邊輕聲催促著。「回床上好好睡一覺。」

我陪老媽走到樓梯口，在她上樓前端了一杯飲料，放在她手裡。

「我要出去一下，中午會回來吃飯。」

我硬著頭皮說了這句話，知道老媽一定會馬上丟出一個問題：「你要去哪裡？」但是，老媽沒有追問。相反的，她只說了一句：「好。」然後就走進臥室，關上了房門。

我不禁皺起眉頭。出門對我來說不應該這麼容易，老媽既不追問我上哪兒去，也沒規定幾點之前一定要回來，甚至沒有逼視我充滿內疚的雙眼。

我心裡滿是困惑，一度考慮放棄前往滑板公園，但是在滑坡平台上練習的渴望在我心中騷動不已。

於是我甩開腦子裡所有雜念，不拆鞋帶直接套上運動鞋，輕聲的走出大門。

走上街後，我回頭望向老媽臥室的窗戶。當我看見她的身影出現在窗玻璃後方時，心臟差點跳了出來。

老媽該不會看出我的計謀了吧？她是不是故意讓我以為自己的計畫萬無一失？

我仔細端詳她的目光，發現她只是心不在焉的看著天空，才讓我的心跳速度緩和下來。但由於她看起來十分憂傷，讓我再度考慮該不該回家陪在她身旁。幸好這時老媽離開了窗戶旁，我的內疚感也隨著她的身影一起消失無蹤。

反反覆覆的情緒必須到此為止。我現在應該做的，是馬上趕往滑板公園，以免我又改變了主意。

阿丹和史坦已經在滑坡等我了。他們坐在滑坡平台上喝著紅牛能量飲料，一面晃動著雙腿。如果紅牛能量飲料有「勇氣」的成分，我一定會買一、兩罐來喝，因為此時的滑板公園並非安靜無聲，這裡早就人聲鼎沸了。

已經有十幾個滑板男孩在滑板平台上練習，也有些人繞著水池練習各種招式。我感覺到自己身上的連帽衫被汗水浸濕，汗水沿著我的背脊往下滴落，彷彿嘲笑著我的膽怯。

阿丹和史坦看起來一點都不擔心人多的問題，或許是因為我將首度踏上滑板平台，讓他們感到無比興奮。

「今天你可要好好享受一下！」史坦以一種夢幻的語調對我說。

「每個人都會牢牢記得自己的第一次。」阿丹也跟著附和，「無論順不順利。」

我根本無法像他們一樣興奮，因為我實在太緊張了，隨時都可能會嘔吐。我偷偷估算著從滑板平台到滑板區外那間廢棄公廁的距離有多遠。

我覺得自己快要崩潰了，但是不能表現出來。我好不容易才撐到今天，現在絕對不能輕言放棄。

「我想先在這附近溜溜滑板，順便練習一下飛躍的動作，當作熱身。」

「去吧。」他們贊同後，便看著我在滑板區裡溜來溜去。我在滑板區裡溜得很順，自信又回來了，但是滑板區的迷你高低坡根本比不上那個有如巨獸的滑坡。

我的恐懼感慢慢沉澱下來。可以自在操縱腳下的滑板這件事令我又萌生衝勁。我告訴自己：其實我已經學會了特定的技巧，既然如此，何不勇敢踏上滑板平台，挑戰一下巨大滑坡？如果最糟的後果就是從滑板上摔下來，那有什麼可怕的？我早就摔過上百次了，還不是好好的站在這裡？我沒有摔斷腿，還可以行走自如。

對，就是這樣！現在就是挑戰的最佳時刻！

我們三個人爬上滑板平台之後，阿丹和史坦為我鼓掌，並低頭看向滑坡最底處。

「就是這樣，小傢伙，你的人生將會有所轉變。」阿丹笑著對我說。

「還有，千萬要記住一點：不要試著在滑坡上玩花招，因為滑坡的重點在於站穩滑板，感受衝刺時帶來的速度感。你可以藉由膝蓋微彎或雙臂展開來保持平衡……然後盡情享受！」

我站在那裡，整個人已經超脫了恐懼與興奮。各種感官帶來的刺激在我體內不停旋轉著、衝擊著。我緊張的將滑板前緣扣在滑板平台邊緣處，一腳踏在滑板的尾端，身體打直，眼睛專注的盯著滑坡，等待自己的情緒緩和……

過了幾秒鐘，我終於沉靜下來。我心裡相當明白：如果現在錯過，一輩子都不可能再有機會了。不是死得相當難看，就是享受榮耀。

我踩下滑板的前端，全神貫注的將身體往前傾。我迅速衝往滑坡下方，但由於速度實在太快，瞬間慌了手腳。我失速往下，慌亂中又把自己的體重往前推移。隨著輪子摩擦坡道並將我往下推去，我頓時覺得體內的五臟六腑不停翻攪。但是在還搞不清楚怎麼一回事之前，滑板已經帶著我開始進行第一次的往上爬升。滑板的輪子轉動得非常快，帶來一種前所未有的興奮感，讓我忍不住發出驚恐的嚎叫。我不知道別人有沒有聽見，但就算大家都聽見了，我也完全不在乎。

我成功了！我征服了滑坡，正在展翅飛翔！那種快感讓我忘了別人的嘲弄和欺侮，也忘了羞恥之路。能夠體驗這麼棒的事，誰還會在乎那些不光彩的過去？我現在什麼都不在乎了。

我想起了老爸那些裝著外送餐點的紙袋，是它們幫助我在滑板上取得平衡感，連續好幾個小時都不會摔倒。我同時也感覺到身上那些在練習過程中摔出來的大瘀青，此刻也默默的呼應著這種令人陶醉的愉悅。

保持專注。我告訴我自己。專心，保持平衡，專心。不要搞砸，起碼不要現在搞砸。

此時我又想起了老媽。對於瞞著她玩滑板這件事，我一直感到相當內疚。我該如何擺脫這種罪惡感呢？應不應該向她坦承？是不是要告訴她不必替我擔心，而是要為我驕傲？我已經征服滑板平台，她可以看看我有多麼厲害！

每次的轉身都比前一次更重要。我必須謹慎且精準的在滑板尾端施加力道，絕對不容出錯。

這時我好希望能有攝影機，為我拍下此刻的畫面。這是我被加冕為世界之王的榮耀時刻，我希望能將這段畫面保留下來。

後來我才知道，確實有人拍下了此刻的畫面——但不是為了給後代子孫欣賞，也不是為了慶祝我的光榮，而是為了羞辱我，讓我達到極致的羞恥再次升級。

我已經數不清自己在滑坡上上下下了多少次，但是當我再次滑向坡底時，突然看見下方出現了某個東西。

那裡站著一個不屬於這裡的人。

那個人不是玩滑板的同好，穿著打扮也不是一般滑板愛好者常穿的連帽衫或寬鬆牛仔褲。

那個人的腳下也沒有踩著滑板。

那個人是我老媽。

她雙手插腰，臉上寫滿了憤怒。

我的心臟當場停止跳動。雖然滑板還是繼續滑動，但是沒多久就停了下來。這一刻，彷彿有人在牆壁上寫下了四個大大的字：遊戲結束。

15

我不敢睜開眼睛。

並不是因為我擔心自己弄壞了什麼東西。

不是的，我的恐懼來自閉上雙眼前的最後一個畫面，就在我摔下滑板的那一刻。

我不知道老媽是從哪裡冒出來的，也不知道她怎麼會發現我的祕密——我唯一知道的，就是老媽此刻像座巨塔般站在眼前。我可以清楚感受到她散發出來的怒意。

我立刻從地上站起來，心裡默默期望：如果我假裝自己沒能成功挑戰滑坡，或許老媽就不會把滑板當成是一種附了四個輪子的危險凶器。

但老媽臉上彷彿有座隨時準備爆發的火山，我猜可能沒那麼好運。

我看到老媽壓倒性的氣勢，已經準備好要被她痛罵一頓。

「韓查理！」老媽發出怒吼，只靠三個字就讓整座滑板公園瞬間鴉雀無聲。

「你到底在搞什麼鬼？」

「喔，沒有啊，就是出來走走啊……」我已經想不出什麼好藉口，因此沒有把話說完。但是我決定改變戰術，先假裝自己是個乖兒子再說。「老媽，我剛才摔下來的時候有沒有撞到妳？我總是笨手笨腳的……」

「伙伴，你沒有碰到她啦。」史坦突然在我肩膀後方出現，並且插話進來。「你剛才做了一個超強的左右翻轉，成功閃過她。那是我見過最有膽識的動作，尤其在沒有穿戴安全護具的情況下。」

老媽用她足以殺死人的目光瞪向史坦。但是在她施展火力消滅史坦之前，又把視線轉回我身上。

「妳怎麼會到這裡來？」我問老媽，「妳不是回房間睡覺了嗎？妳應該待在房間裡才對啊，妳可能生病了，所以產生某種幻覺之類的想像……」我知道自己正在胡說八道。

「不，我很清楚自己看見了什麼。相信我，我還真希望自己在作夢。你這是要我如何安心入睡？不是嗎？我本來以為散散步可以幫助入眠，沒想到真是大錯特錯！我真是錯得離譜了！」

我看得出老媽試著壓抑自己的怒意，但是宣告失敗。她的脖子上冒出青筋，原本臉上的倦容也消失無蹤。

「所以你要不要解釋清楚，現在是怎麼一回事？」老媽生氣的問我。

我感覺到人群逐漸聚集，似乎等著看好戲。他們最起碼能收看一齣家庭鬧劇，如果運氣夠好，說不定還可以看到老媽打孩子的濺血畫面。我突然有點期待大家起鬨，用「打起來」、「打起來」、「打起來」的吶喊聲團團圍住我和老媽。可惜事與願違，大家可能都和我一樣，被老媽凶狠的樣子嚇壞了。

「沒有什麼事啊。我只是出來晃晃，溜溜滑板，就這樣。」

我想裝得一派輕鬆，但是聲音完全沒有說服力，聽起來像快被勒死的人。我說話時尖銳的語調，足以把公園裡的每一隻狗都吸引過來。

「你還敢說『就這樣』？」老媽大聲的說，一個字比一個字更清晰分明。「就這樣？你瘋了嗎？

你玩這種東西玩多久了？為什麼沒有告訴我？」

我整個人慌了，不知道什麼才是正確的答案。我應該騙老媽說我今天是第一次玩滑板嗎？還是應該裝傻，辯稱剛才摔跤後突然喪失記憶力？哪個答案才比較不會讓我在一心想取悅的滑板同好面前丟臉？

我的大腦原本想出了一個縝密且充滿巧合的謊言，但是在開口的前一秒鐘，我的嘴巴背叛了我，說出了一長串沒有標點符號而且相當糟糕的真相，向老媽表達我的歉意。

「幾個月前我就想告訴妳但是妳一定會禁止可是我又超喜歡玩滑板而且我溜得很好妳可以問問其他人他們一定也會告訴妳我滑板真的溜得還不錯。」

這整句話聽起來相當可笑，就像一隻在地毯上拉屎又咬壞主人羊皮拖鞋的小狗，苦苦哀求主人原諒時發出的嗚咽聲。

我在滑板公園好不容易建立起來的名聲，以及我心中默默期許的盼望，在這一瞬間全都沒了。我眼睜睜看著它們消逝，消失的速度遠遠快過建立時所需的時間。

但是老媽一點都不在乎我所說的，她也不想理會阿丹或史坦說些什麼。其實阿丹和史坦此刻都目瞪口呆，害怕得不敢跟老媽說話。

「所以你就背著我偷偷玩滑板，是嗎？你居然騙了我好幾個月！再說，這個東西是從哪裡來的？」老媽輕蔑的指著我的滑板追問。「是你偷來的嗎？」

雖然這一切都是我欺瞞老媽的後果，我沒有理由生氣，但不知道為什麼，老媽這句話突然讓我火冒三丈。

「這當然不是偷來的。我怎麼可能去偷東西，我才不會偷東西。」

「我不知道你會不會偷東西，查理。我現在已經無法信任你了。」

「這個滑板是我向布尼恩借來的。」我說完後，老媽嫌惡的翻了白眼。「我還存錢把這個滑板改良得更好，那些錢是我靠著送外賣賺來的小費。」

這些都不是老媽想聽到的，因為我說得越多，反而讓她越覺得我欺騙她更多事情，彷彿一切都是預謀的。

「你一直以來都偷偷計畫著，對不對？我一心想要好好照顧你，保護你的安全，但是你和你老爸卻打算暗中破壞我辛苦所做的一切。」

圍觀的人越來越多，也越靠越近。我和老媽對話時，他們的視線就在我們身上來回游移，彷彿觀賞著一場吵架網球賽。當我和老媽一來一往時，我甚至聽見旁觀者中傳出緊張的喘氣聲。

「保護我的安全？妳根本不讓我做任何事情！我從來沒有打過保齡球，也不能和朋友一起騎腳踏車。妳甚至不讓我跟席納斯去看電影，因為妳擔心我在電影院裡吃爆米花時可能會不小心噎著，而因為電影院裡太暗沒人發現，會讓我窒息死掉。」

「那是好幾年前……」

有人在我背後笑了出來。我和老媽同時轉過頭瞪他一眼，那個人便馬上閉嘴。

「再說，不要把老爸扯進來。」我大聲的說，「他根本什麼都不知道。如果他知道，他肯定會馬上告訴妳，因為他也明白妳是我擺脫不了的噩夢！」

老媽看起來彷彿隨時會火山爆發，我甚至感覺到圍觀的人群悄悄往後退了一步，以免不小心遭殃。

「你說我是擺脫不了的噩夢？我來告訴你什麼叫做噩夢。如果你從那個死亡高台上重重的摔下來昏迷不醒，那才是噩夢！如果我必須每天守在病床旁邊等你從昏迷中醒過來，那才是噩夢！就只因為你沒有勇氣告訴我們你偷偷摸摸的在做什麼事！」

老媽一口氣說完這一大串話，彷彿她有鰓可以換氣。

「但是我要告訴你，年輕人，或許你認為我什麼事情都不讓你做……」

「對，妳確實什麼事都不讓我做。妳只想把我包得緊緊的，以瘋狂的方式保護我！」

「哼，我看你大概還不知道什麼叫做瘋狂吧！接下來我就要把你包得窒息，讓你連動都不能動！」

老媽把我推向身後圍觀的人群。那些人默默的散開，但是眼睛依舊盯著我和老媽看。

當老媽搶走我手中的滑板時，我不禁低下了頭，感受到前所未有的恥辱。

現場一片鴉雀無聲，我唯一能聽見的只有自己的心跳聲。

等我和老媽走出滑板公園十公尺外之後，那些看熱鬧的傢伙才終於發出了聲音。

他們在滑板平台旁發出如雷般的爆笑聲，直接傳進我和老媽的耳朵裡，持續了好一會兒。

我在短短一分鐘內從英雄變成了狗熊。這下子，我徹徹底底的蒙羞了。

16

坐牢的日子並不好過。

你們可以想像看看，我被囚禁的這座監獄，圍牆比惡魔島監獄[19]的圍牆還高，警衛也比鯊堡監獄[20]裡的警衛更凶悍。

我們回到家之後，老媽馬上訂定了一堆新規矩，並且訓斥了我和可憐的老爸一頓。這是老爸頭一次被老媽抓到面前痛罵。

老爸好幾次企圖溜回廚房，都被老媽當場制止。她一面罵我們，一面在我們眼前來回踱步。

我猜老媽在放我們離開之前可能會先對我們搜身，命令我們將口袋裡的東西都翻出來放在櫃台上，甚至逼我們去沐浴淨身。

你們可能認為我表現得一點都不在乎，但或許我是真的想開了。我覺得，既然我已經烏雲罩頂，身處於最黑暗的時刻，就必須以幽默的心態來面對一切。我覺得這點相當重要。

於是我和老爸就站在老媽面前，被她訓斥了整整十五分鐘。老爸非常感謝他的幸運之星保佑他，因為這時餐廳還沒有開始營業。假如被客人們看見他這副糗樣，對他可是奇恥大辱。

---

19 譯注：惡魔島監獄（Alcatraz）美國知名監獄，位於舊金山灣。

20 譯注：鯊堡監獄（Shawshank）恐怖作家史蒂芬・金在小說《四季奇譚》裡虛構的監獄。

在老媽因為勃然大怒而差點激動落淚之前，她下令將我禁足，期限大概是一輩子。然後她就忿忿的上樓去了，留下我和老爸站在原地。我很想知道老爸心裡有什麼想法。

老爸的手裡還拿著菜刀。

雖然我很清楚老爸波瀾不驚的個性，但是我忍不住有點緊張，不知道他會說些什麼。

老爸不像老媽那麼生氣，但是他對我偷玩滑板這件事似乎比老媽更加驚訝，也更為失望。他的反應在某種程度上其實更讓我難過。當我再次說明老媽在哪裡發現我時，老爸就只是默默的搖頭。這麼多年來，在他的種種行徑中，這是我見過他肢體擺盪最激烈的一次。

「我想這次你真的搞砸了，兒子。」

「我知道，但是老媽讓我別無選擇，不是嗎？」

「她只是希望給你最好的……」

「請你不要再說那句話——你接下來打算對我說的那句話。」我急忙打斷老爸。

他不太明白的看著我。

「請你不要再對我說：畢竟她是你的老媽。請你今天不要再拿這句話來壓我，拜託。」

「那你希望我說什麼？」

「我希望你說，你會去安撫老媽。我希望你告訴她，我只是在做我這個年紀的男生會做的事；我希望你告訴她，我覺得老媽實在太荒謬了，她必須放手讓我自己成長，讓我做自己想做的事。我不需要她一天到晚跟在我身後，緊張兮兮的保護我。」

這可能是這幾個月以來我和老爸說話說得最多的一次，而且肯定是最發自內心的一次。老爸是唯一能影響老媽並且改變她決定的人，也可能是老媽唯一願意採納意見的對象。

我看得出來，老爸聽進去我的話了，因為當他思考著自己能做點什麼事的時候，臉上的肌肉會抽動一下。或許老爸在這一刻做出了決定，他決定跨過界線站在我這邊。我真心希望老爸可以挺我這一次，這是我僅有的心願。

「我沒有辦法。」沒想到老爸卻嘆了一口氣，食指在菜刀刀身上滑動。

「這就是你的答案嗎？你只能給我這種答案嗎？難道你就不能拿出男人的魄力，幫我脫離目前的困境嗎？老爸，我願意為你做任何事情，只要你幫我這一次，好不好？」

「我不認為你現在還有立場要求任何人幫你，無論是我或是你老媽。」

「但是你一直都看在眼裡，不是嗎？老媽是怎麼對待我的？都是她的緣故，學校裡每個人都瞧不起我，而且現在情況越來越嚴重，無論我去任何地方或者做任何事，都受到老媽的監控。這是不對的，老爸。她這麼做是不對的！」

「她有她的理由，你知道……」

「是嗎？真的嗎？那麼請你告訴我是什麼理由，因為我身邊沒有會說話的史酷比狗狗，能夠偷偷告訴我為什麼老媽總是這樣對待我。」

追根究柢其實完全沒有意義，只會把氣氛弄得更僵、引發更多衝突。對我來說，此刻是搞清楚所有真相的最佳時刻；但是對老爸和老媽來說，我可能只是一個非常討人厭的死小孩。

老爸沉默了十秒鐘才丟出一句話給我。

「反正你被禁足了，你接下來會有充分的時間好好想一想老媽這麼做的理由，不是嗎？」

結果就是這樣。老爸又躲回他神聖的廚房。但是在走進廚房之前，他以一種滿心擔憂的眼神望向樓梯上方，注視了好一會兒。此刻在樓上的老媽，如果不是在大發雷霆，就是在暗自啜泣。

我不知道這兩種狀況哪一個比較糟糕。

我被禁足的期限並不明確。

因為老媽說，我被「無限期」禁足了。

我沒有假釋的機會，也不准看電視、上網或聽廣播，除非要等到我真的學到了教訓，或是等到我年滿三十歲才有機會解禁。端看上述兩種情況何者先發生。

我想像自己成年後的模樣——依舊坐在「特別好炒」的櫃台後方接聽客人打來點餐的電話，身上則穿著老媽為我編織的毛衣。送外賣時，我的交通工具還是那輛「鋼鐵犀牛」，但是閃著螢光警示的安全護具早已不敵歲月，失去了它們的功能。

如果老媽繼續干預我的人生，我肯定能活到很老，而且活得很安全，但是我這輩子將會乏味至極。我可能會活到一百五十歲，卻再也沒有機會離開安逸的環境，體驗冒險刺激的事物。

被禁足的日子，每一天就都像數十年那麼漫長。

我腦中不停重播過去幾個月來發生的種種，但我真的認為，無論用哪種方式向老媽坦承，結果都不會有任何改變。老媽絕對不可能同意讓我玩滑板。

就上述的推論，我想這應該算是老媽逼我說謊騙她吧？我以為這種想法會讓我覺得好過一些，但根本完全沒有幫助。我還是被囚禁在自己的房間，滑板則被鎖進某個祕密的地點，如果它還沒有被老媽放火燒掉，或者被灌上水泥丟進北海裡的話。

這次吵架最糟糕的一件事，是老媽似乎還不滿意她對我的懲罰。別的不說，光是她大驚小怪的程度，就開始變得比以前更為嚴重。

「未來我們要做一些改變。」老媽宣布了這個大消息，「我決定每天接送你上下學，直到我覺得可以信任你為止。」

我感覺自己的胃在翻攪。「呃？妳是開玩笑的吧？」

「你看我的臉上有笑容嗎？」

老媽臉上當然沒有一絲笑意。

「但是席納斯怎麼辦？」我問老媽，儘管我和席納斯已經好幾個星期沒有一起上下學了。「我們通常都會等對方，然後一起上學和回家。」

「那個可能害死你的滑板，是他哥哥給你的。光憑這一點，我認為他們也是和你一起欺騙我的幫兇。我想你不應該繼續和這種人交朋友，我不允許你再和席納斯來往。」

「所以，是老爸開車載我去上學嗎？」

她伸出食指在我面前左右擺動。「你老爸必須忙餐廳的事，而且你也知道，他的耳根子很軟。所以，我每天會親自接送你上下學。每天下午三點四十分，我會在教師專用的停車場等你。」

「可是教師停車場是在校園裡啊！」我連忙抗議。「這樣一來，大家都會看到妳在那邊等我，他們會笑我的！」

「這麼一來，你就會明白我的感受了，是不是？這樣你才會明白被人羞辱的感覺。」老媽以冰冷的目光盯著我，「也許過一陣子之後，我可以再次相信你，查理，但是你必須靠自己爭取我的信任感。」

「如果我乖乖聽話，可以再回去玩滑板嗎？」

老媽憤怒的拍打了一下廚房的工作檯，整棟房子似乎都晃動起來。

「當然不行！你絕對不准再走進那個滑板公園，除非你不想看我的好臉色。你聽清楚了嗎？」

我點點頭。老媽對我的懲罰，比起玩滑板時摔倒造成的瘀青都還痛苦。

如果說，老媽說到做到的懲罰是對我的一大打擊，那麼緊接著兩個星期的校園生活，則像是在人間煉獄裡掙扎。因為老媽基於她自己荒謬的理由，堅持每天送我上下學，而且她每天都把車子停在校門口，以防我為了呼吸自由空氣而偷偷開溜。其他同學當然全都看在眼裡，他們毫不留情的嘲笑我，對我指指點點，還在我上車時用力拍打車頂。我好擔心他們會全部包圍上來，用力搖晃車子，直到整輛車翻過去。

好吧，我好像想得太誇張了。一旦你經歷過某種程度的侮辱，你就會對事物變得相當神經質。再說，我心中被大家迫害的妄想並非無憑無據。

老媽和我在滑板公園大吵一架的消息已經傳開來了。所以同學經過我面前時，都會拿這件事來嘲笑我。其他人也會低頭看手機，笑到肩膀抖個不停。一開始我還不知道這些人在做什麼，直到某個十年級的大個子學長告訴我真相。

「學弟，你媽真是太恐怖了！」他笑著說，「有人拍下她在滑板公園教訓你的畫面。她簡直是怪獸！」我盡可能的以最有禮貌的方式搶過他的手機，雖然我一點都不想看那段影片，但是我必須明白一下狀況到底有多糟。

我看到了我和老媽。老媽在影片中的模樣比我印象中的更加凶殘。儘管收音不太好，但是我仍可從旁人的笑聲中聽見她的怒吼，聽起來簡直就像是要把我撕成碎片。而讓我覺得最恐怖的是老媽臉上的表情，她一定沒有想到，那些旁觀者不僅在嘲笑我，同時也在嘲笑她。她當時完全被自己的憤怒所吞噬，無視身旁有幾十支手機正拍下她罵我的每字每句。

我真希望挖個地洞鑽進去。

到底還有多少人看過了這段影片？或者，還有多少人拍下了當時的畫面？還要多久的時間，他們才會讓我走羞恥之路做為懲罰？光想到這一點，我的小腿就已經開始抖個不停。

為什麼我滑板溜得很好的時候，學校裡沒半個人知道？我還是沒沒無名？但是一旦我又出糗了，大家馬上就會拿來當笑柄嘲弄我。這個世界真的太不公平了。

我又回到了最初的起點。事實上，現在的局面比以前還糟糕，因為如今我身邊已經沒有席納斯的陪伴。當旁人的訕笑聲一路跟隨我行經走廊時，我突然看見了席納斯的身影。他站在人群外，冷眼看著其他人傷得我體無完膚。雖然他沒有跟著那些人一起嘲笑我，但也沒有走過來安慰我，告訴我一切都會沒事，甚至拿自己的經驗來說笑。如果他能夠做這些事讓我覺得好過一些，我心裡就會明白，我們還可以繼續做朋友。

這真的是我人生的新低點。

絕對不會再有更倒楣的事情發生在我身上。

就算是一個乏人問津、地位不上不下的舞蹈家，自尊受損的程度也比不上我現在的狀況。因為我就是這麼悲慘。

不過，你們絕對想不到。

我接下來還會變得更慘。

17

這一切起始於一則捎來好消息的簡訊。

今晚我要考試，沒辦法去接你放學，所以你自己走路回家。不准靠近滑板公園。我相信你會乖乖聽話。

老媽。

這則簡訊是幾個星期以來最好的消息。這段時間老媽把我綁得緊緊的，今天她突然放手讓我重獲自由，讓我相當意外。我實在摸不透她目前進修的課程，因為老媽以前都有固定的上課時間，都是在晚上，唯獨這門課的上課時間變幻莫測，有如霰彈槍射出的子彈一樣。我不知道老媽是不是故意這麼做，好讓我整天神經緊繃、隨時提高警覺，不敢偷跑去滑板公園。

無論老媽選擇這門進修課的動機為何，我都不打算發表任何抱怨。能暫時脫離老媽的魔掌一天，對我來說是難得的幸福，就算我必須自己一個人走路回家也無所謂。

不過，下午上課的時候，我腦子裡又開始浮現滑板公園的影像，畫面十分清晰。自從和老媽在滑板公園裡大吵一架之後，我就不曾再踏進公園一步。但是現在，眼前有一道充滿自由的銀光閃現，當然讓我忍不住又想回到滑板公園重溫舊夢。

起初我還能堅守立場，告誡自己一定要遵照老媽的指令乖乖回家，畢竟我手邊已經沒有滑板可拿來練習了。因此，即使在我走出校門的那一刻，心裡仍準備低調的慢慢走路回家，直到我在路上遇見阿丹和史坦。

「大明星！」史坦大聲叫住我，儘管我和他們之間的距離不到一公尺。「你這陣子都躲到哪裡去了？」

「躲到哪兒去？我還真希望自己可以躲起來。」我回答他，「最近每個人的手機都有我出醜的影片，難道你們不知道這件事嗎？」

「這種事情不必放在心上啦。」阿丹搭腔，「一切都會過去的。而且，你可以重新挑戰滑板平台，讓大家見識一下你玩滑板的超炫技巧，如此一來，你馬上又會變回超級厲害的大人物了。」

我仔細端詳阿丹和史坦說話時的表情，不確定他們這些話到底是出自肺腑，還是嘲諷我的風涼話。

「你們真的這麼認為嗎？」

「那當然。」他們兩人異口同聲的回答。

「我們都知道你一定做得到。你只需要選一天你媽不在家的時候，偷溜到滑板公園露一手，大家就會忘記你和你媽的事了。反正舊聞總是很快就會過去……」

直覺告訴我，我應該照著阿丹和史坦的話去做，原本信誓旦旦要立刻回家的決心也開始動搖。

「但是我已經沒有滑板可用了，怎麼辦？」

阿丹和史坦顯然認為這根本不是問題，依舊堅持我應該跟著他們一起到滑板公園練習。他們表現得比以往更為熱情，幾乎是懇求我和他們一起走。

「伙伴，到那邊之後，就會有人借你滑板。他們見到你一定非常開心。」

「跟我們一起去吧！我們走到那裡時，就會有滑板等著你了。而且，如果你運氣夠好，說不定大家還會為你開一場歡迎派對呢！」

他們說的每字每句都是我想聽的，阿丹和史坦的話實在太吸引人了，我當場就把老媽的警告拋到九霄雲外。這時的我一心只想重訪滑板公園，一點都不想回家去。

再次來到坐落於公園正中央的滑板平台，感覺真是太棒了。它看起來和以前一樣雄偉壯麗，氣勢恢弘。不過，這個地方也讓我想起了許多事，除了遺憾自己在這段日子裡錯過多少美好時光之外，也回憶起我曾在滑板圈裡被大家接受的溫馨與感動。

滑板公園裡相當熱鬧。每天放學之後，這裡總是擠滿喜歡玩滑板的學生，到處可見滑板男孩彎著身子四處滑溜，或是高高躍起之後翻轉滑板。滑板的輪子在柏油路面上所發出的喀啦喀啦聲不絕於耳，只要有人耍技巧成功，大家一定會給予熱情的歡呼聲。

「我本來也可以擁有這樣的歡呼聲。」我不禁這樣想，「或許，我還有機會。」

我倚在滑板區外的欄杆上，像一個患了相思病的傻瓜，也像席納斯發現一道全新磚牆時陷入痴迷的模樣。突然間，滑板公園裡有人叫了我的名字。是阿丹。他臉上掛著笑容，對我揮揮手，示意要我進去。

「回來的感覺很棒吧？」他露齒而笑。我這才莽撞的從滑板區入口走進去，雙眼仍不忘環顧四周，看看老媽是否躲在某個樹叢後方。「你應該認識哈利吧？」阿丹指指站在他身旁的男孩。哈利頭上戴著一頂大大的鴨舌帽，將他的頭髮往下壓，遮住大半張臉。儘管如此，我還是可以看出他咧著嘴，露出大大的笑容。

「查理！你跑到哪裡去了？你這個傢伙！」

「被我老媽禁足了。」我哀怨的說。我不希望自己回答時的口氣聽起來像掛著兩行鼻涕的小屁孩，但顯然不太成功。

「什麼？你被禁足這麼久？已經好幾個星期了，她到底什麼時候才肯解禁？」

「我也不知道。可能要等好幾個月，或者好幾年。大概要等到我開始賺錢並且搬出去住以後，我老媽才肯解禁。」

這時又有其他人走過來，站到阿丹和哈利身旁。史坦當然是其中之一，但是還有些人是我出糗那天也在旁邊圍觀的傢伙。雖然我有些驚訝，但是他們見到我好像很開心，讓我覺得相當慶幸。

「你媽媽真可怕。」史坦說。他今天沒有瘋狂地與我握手示好。「她是從什麼時候開始變得如此瘋狂的？」

我聳聳肩。聽見別人說我老媽的壞話，感覺有點奇怪。

「那天發生的事，真是我這輩子見過最好笑的了。」其中一個男孩表示。

「我覺得她應該去參加電視台的實境真人秀，例如『全英國最瘋狂的女人』之類的節目。」

老媽突然變成大家議論紛紛的笑柄。在場的人開始說些羞辱她的話，而且越來越起勁。不知不覺已經有大約二十個人圍在我身邊，這種場面讓我相當不自在。

「如果我有這樣的媽媽，我也不知道該怎麼辦才好……」

「我應該會離家出走，去當別人家的小孩……」

「或許可以搬去跟祖母一起住啊……」

這些話讓我聽了很不舒服，有點想要轉身離開。但是當我企圖這麼做的時候，才發現自己已經被人群包圍了。

我試著不要表現驚慌，尤其這些人全都對著我微笑。只不過，那種笑容並非愉悅的微笑，而是「別有目的」的微笑。我過去看過這種笑容——當人們準備捉弄我、或是準備帶我走一趟羞恥之路狠踹我的時候。

「會變成這樣，我和我的伙伴都覺得相當遺憾。」阿丹露齒而笑，口氣聽起來好像相當自鳴得意。「我們從小道消息那兒聽說，你媽媽已經燒掉你的滑板了，所以我們替你準備了一個小禮物，可以幫你解決眼前困境，既能幫助你繼續練習滑板，同時也能讓你媽媽滿意。」

我不喜歡接下來發生的事情，也不喜歡他們繪聲繪影說我的滑板已經被老媽燒掉。老媽可能只是藏起來，我相信她不會就這樣燒了它。她不太可能這麼做。

他們看著我，並且開始竊笑。

「首先，我們要給你這個。」史坦說。

這時，從人群中傳了一個滑板過來。不，那只是一塊板子，精確一點的說，是一塊破舊又有缺口的厚木板，底下沒有輪子，上面當然也沒有充滿設計感的噴漆。就算花一大筆錢和好幾個星期的時間來改造這塊破木板，也絕對無法和我之前的滑板相提並論。我不知道應該如何應對這種場面。

如果我表現出不知感恩的態度，下場恐怕會很慘，所以我挺起胸膛，假裝相當滿意這塊滑板。

「哇，我真不知該說些什麼才好。真的，你們一定明白我的意思。這太好了，我現在就帶它回家去。我應該要……」

「不過，我們有個問題。」阿丹打斷我的話，態度幾乎有點無禮。「我們必須考量到你媽媽的反應。她希望你能平平安安，因此我們絞盡腦汁，找了一些特別的道具來保護你。」

糟糕，這下子慘了。

「什麼道具？」

史坦走到我面前，手臂摟住我的肩膀，但是有點用力過猛。

「我們的創意，來自你媽媽的啟發。儘管這個東西不完全算是一件藝術品，但我們認為你媽媽應該會喜歡，因為她那天提到，要把你包得緊緊的，才能夠保護你。對不對？」

我點點頭。這句話當初是我說的。我出於本能想馬上逃開，卻被身後的人擋住去路。我以前曾經被一群人抬起來過，但今天的遭遇是全新的經歷。

「我們原本試著用棉布作為保護墊，但是沒有什麼用，因為只要你一摔跤，棉布就會裂開。你知道我們最後怎麼解決這個問題嗎？答案非常簡單！」

太陽突然從我眼前消失，因為他們七手八腳的將我壓倒在地上，然後我聽見了笑聲和拉扯透明膠帶的聲音。

無論他們準備用什麼方法處置我，我相信一切不會馬上結束。當然，我也肯定接下來要發生的不會是什麼好事。

18

雖然知道做出任何反抗都沒有意義，但我還是不停掙扎。我並不是想要證明自己可以對抗他們，因為連我自己都不相信能逃過一劫。

我掙扎是因為害怕，不然在這種情況下還能做什麼？

那麼多人同時把我壓在地上。我連一根手指都動不了，更何況是手臂和雙腳。即使經過激烈掙扎，我還是被他們壓得死死的。所以我放棄了，無奈的轉移自己的注意力，想辦法強忍住眼淚。這些傢伙到底要對我做出什麼可怕的事？他們該不會打算脫光我的衣服吧？這個地方甚至沒有老師可以出面解救我，這次我肯定完蛋了。

不過他們並沒有傷害我，或是做出羞辱我的事。他們只是大笑，一邊用某種不知名的東西裹住我的雙腿。我想轉頭確認那到底是什麼玩意兒，但是他們連忙摀住我的眼睛，接著用那個東西一路往上包住我的身體和手臂。

我突然懷念起「羞恥之路」那種舊式的懲罰方法，至少我知道懲罰何時會結束。

此刻我唯一能夠清楚明白的，就是我整個人變得很熱。他們玩得很開心，但是我只希望這場惡作劇可以盡快結束，越快越好。

透明膠帶的聲音變得越來越大，到最後幾乎像是在我腦子裡大聲呼嘯，讓我差點以為自己的耳朵會爆炸。某種酷熱又令人窒息的東西包住我的頭，由於包覆時發出的聲音如此響亮，我一度差點暈倒。我拚命扭動脖子，但是有某個像章魚觸手的東西死命纏住我，讓我無法動彈。不到一會兒的時間，我的臉上除了眼睛、鼻子和嘴巴之外，其餘的部分都被包住了。

最後，我隱約聽見透明膠帶發出一聲悅耳的聲響，然後一切就停止了。那些負責壓住我的人一個接一個離開，往後站在一旁，讓陽光再次照在我身上。

他們指著我，不停的哈哈大笑，從口袋裡拿出手機拍下我的模樣。每個人的眼睛都盯著我看，我終於成為眾人關注的焦點了——這不正是我長久以來渴望的結果嗎？但是我被他們當成大傻瓜看待，讓我恨透了這種感覺。

他們到底用什麼東西把我包起來？我想要伸手摸臉卻徒勞無功，因為我的雙手被緊緊包在身體兩側。

這些傢伙用某種東西把我的身體像木乃伊般纏起來，包括我的雙腳、雙腿、胸部和雙手。他們似乎還用那東西裹住我的頭，像替我戴上頭盔一樣。我的頭已經開始冒汗了。

是保鮮膜嗎？那種東西感覺有一點像塑膠類的製品，但我此刻的情緒既惶恐又尷尬，不能夠確定。

我想要活動雙腳卻無法如願，因為我的膝蓋沒有辦法彎曲，雙手也形同無用，所以我只好用滾的。應該說，我只好試試看用滾的，結果同樣徒勞無功。我拚命搖晃了一會兒，掌握住平衡的支點，才成功翻過身來。我宛如人形毛毛蟲。在翻身的時候，我聽見自己身上發出上百個小小的爆裂聲，隨即而來的是他們瘋狂的笑聲。我動動我的頭，終於明白他們對我做了什麼。

包裝用的泡泡紙。

他們用泡泡紙把我整個人包了起來。

「好了，好了，我也覺得這樣做很搞笑。所以你們現在可以拆掉泡泡紙了嗎？」我向他們哀求，嘴裡沾了一些砂土。

他們的答案就是繼續嘲笑我。

我再次試著站起身來，並且彎曲膝蓋，但馬上又有一連串小小的爆裂聲傳來，彷彿有人在我腳邊放鞭炮。那些傢伙一看見這個畫面全都樂不可支，每個人都笑得東倒西歪，幾乎站不住腳。

「這真的很好玩。」我喘著氣，試著把這場惡作劇當成笑話來看。「你們居然會想到泡泡包裝紙，我明白你們想表達的意思，真的。但現在可以拆掉它了嗎？我快要悶死了！」

我在人群中看見阿丹和史坦，於是用乞求的眼神請他們幫忙，好讓這場鬧劇盡快結束。但是他們倆完全不想理我，只顧著擦去臉上因狂笑而冒出的眼淚。

我被包覆在泡泡紙裡，整個人不禁火冒三丈。我再度嘗試彎曲雙腿，想藉由腿部頂住地面，幫助自己站起來。雖然耗費的時間比想像中還長，我終於慢慢爬了起來。然而，正當我想往滑板區出口的方向移動時，他們又將我一把推倒在地上，推著我滾過整座公園。

在滾動過程中的每一秒鐘、每次旋轉都讓我萬分蒙羞。而且我每滾動一公分的距離，就會不停發出泡泡爆裂的聲響。他們只要一聽見泡泡爆裂的聲響，就瘋狂的笑個不停。我實在無法相信當初老媽跑來滑板公園教訓我，結果竟然演變成這種局面。

他們又持續玩弄了我幾分鐘，拍了更多照片，其中一些人甚至還排隊與我合照，彷彿我是他們從海裡捕獲的大魚。我在照片裡當然不可能露出笑容，這種情況下，我怎麼可能笑得出來？

最後他們終於膩了，便把我帶到公園出口處，面向我家的方向。臨別前不忘送我一個禮物：他們用透明膠帶把剛才那塊破木板纏在我胸前，而且纏得相當牢固，這樣我走路時才不會掉下來。

「等一等！」我哀求他們，「你們該不會打算讓我以這副模樣走路回家吧？我這樣子沒有辦法走路，而且我家在好幾英里之外！」

史坦走到我身邊，拍拍我的背。他拍打時又弄破了好幾個泡泡。

「這是我們虧欠你媽媽的，兄弟。你知道，她覺得玩滑板是非常危險的運動，所以我們這麼做是想讓你媽媽放心。」

史坦說完之後，便將我輕輕一推，於是我的全新版羞恥之路就此展開。

實際上，公園和「特別好炒」之間的距離還不到一英里，而且我這輩子大概走了超過上百次，從來不需花費超過十分鐘的時間。但是多虧我在滑板公園認識的這群「朋友」，今天的路程彷彿永遠也走不完。

即便是隻懶惰又跛腳的樹懶，走這段路也不會比我費時。

首先，那些傢伙把我包得太緊，我的腿幾乎無法彎曲，只能以小碎步的方式行走。我根本不敢想像自己變成什麼恐怖的模樣，但是從路人的反應來看，我這個樣子應該一點都不可怕，而是極為可笑。

有人發出噗哧聲，有人哈哈大笑，還有人手指著我，模仿我的模樣。有個小娃兒看見我之後馬上大哭，躲到他媽媽的裙子後方，至於一些膽子比較大的小朋友，第一個反應就和每個人看見泡泡紙時的反應一樣，馬上伸手過來壓破泡泡。

我宛如被一群飢腸轆轆的雞群瘋狂啄食，身上每一吋都遭受他們的攻擊，就連臉上的泡泡紙也難逃一劫。我就像是一個逐漸洩氣的輪胎，完全無力招架。

我覺得最可惡的就是路人雖然喜孜孜的壓破我身上的泡泡，卻沒有人願意幫我卸去這身緊覆著我的泡泡紙。其中甚至有一位老太太，當我懇求她替我脫去身上的束縛時，她竟然朝著我做鬼臉，然後繼續用雨傘猛戳包裝紙上的泡泡。那是我頭一次也是唯一一次感謝自己身上還包著一層泡泡紙，否則我可能會被她活活戳死。

我想表達的是：這些路人到底哪裡有毛病？我的嘴巴又沒有被封住，他們絕對可以清楚聽見我的呼救，為什麼他們就是不肯幫忙？

我才走了不到一半的距離，就已經被路人騷擾到無法想像的地步。還有一群十歲左右的小鬼跟在我的身後，一顆接一顆的壓破我身上的泡泡。最後我終於忍不住大發雷霆，怒吼的聲音之大，連我都被自己澎湃的肺活量嚇到。但是我實在過於氣急敗壞，因此罵出的每一句話，我自己也無法理解。

罵人有用嗎？

完全沒有用。

那些小鬼反而全部都撲到我身上，害得我跌進水溝。但是他們仍開心的壓著所剩不多的泡泡。

可悲的我只能躺在那兒任憑他們處置，希望他們在壓破全部的泡泡之前就會先感到無趣。我完全沒有抵抗，因為他們都還只是小孩子，我不能對小孩子動粗。不過我大概也沒有力氣對抗老媽和老爸了，因為我的力氣早已完全用盡。

幸運的是，過了不多久之後，這場羞辱便結束了。因為突然有一輛車行駛到我身旁，駕駛還猛按喇叭。

車門打開後，那群小鬼便一哄而散，一雙手拉我進汽車後座。隨著輪胎再度在地面發出摩擦聲，我就被那輛車載走了。那雙手接著又替我卸去罩在頭上使我滿頭大汗的泡泡紙，我的磨難是否就此結束了呢？

19

雖然我的嘴巴自始至終沒有被透明膠帶封住，但是當我擺脫頭上的泡泡紙時，還是忍不住大口喘氣。

或許是因為好不容易鬆了一口氣，也可能是因為仍然驚魂未定我才過度換氣，但是我真的沒事。我當下唯一能感覺到的，就是悶在額頭上的汗水不斷從臉上流下來，滴在我身上的泡泡紙上。我覺得自己就像是一張破了洞的水床。

我無力的斜倚在汽車後座上，側過身子打算向我的救命恩人道謝，但萬萬沒有想到，出現在我眼前的人竟然會是他。

竟然是席納斯！雖然我們已經好幾個星期沒有交談了，但是此時此刻，他救了我一命。席納斯不耐煩的解開纏在我手腕上的透明膠帶，彷彿是他每天的例行公事。

「你今天這身打扮真有趣！」席納斯對我說，眼睛沒有看著我。「這是最新流行的『都會滑板風』嗎？」

「萊納斯！」席納斯的媽媽坐在駕駛座上，斥責席納斯挖苦我的行為。她從後視鏡看著我，眼神充滿疑惑與關心。「親愛的查理，你還好嗎？」

「我很好。」我回答她的時候，臉上不忘擠起一抹微笑。我很喜歡席納斯的媽媽。她人很好，而且長得很有趣，但我覺得她還是比較適合當席納斯和布尼恩的媽媽。

坦白說，我剛才的形容並不太正確，因為我其實不太清楚她到底長什麼樣子。她臉上總是蓋著一層厚厚的化妝，所以我不知道她到底長得漂不漂亮。不過，我猜她應該不是美女。

和一些婦女一樣，她會做些令人摸不著頭緒的打扮：盡可能的把自己的臉塗成橘色，越橘越好，然後一路塗抹到下巴，留下顏色蒼白的脖子。她的頭看起來就像是插在棍子上的棒棒糖，而且顏色實在太橘了，每到夏天的時候，我都擔心會引來一群黃蜂圍著她打轉。

不過，我還是很喜歡她。儘管她的笑容呈現一種奇怪的螢光紅色，但至少她的微笑充滿了關懷和憐憫。

「發生了什麼事？」席納斯的媽媽問我，「是不是別人欺負你？」

「不是。查理放學後都喜歡穿成這副德性。」席納斯面無表情的接話，「尤其在他想要討好新朋友的時候。」

「對不起。」我嘆了一口氣，不確定自己在向誰道歉，也不確定自己為什麼要道歉。畢竟在這段時間裡，席納斯也沒有理我啊！

「需要打電話你媽媽嗎？要不要告訴她發生了什麼事？」

「千萬不要。」我急忙大喊，反應似乎有點太過激烈。「我的意思是，她現在正在考試，她可能會關上手機。」

「好吧，但你最好先到我們家來，讓我們幫你脫掉身上那些東西。而且你大概也需要喝一點飲料，補充流失的水分。」

我從後視鏡中看見了自己的臉。我的臉非常紅，正如席納斯媽媽的臉非常橘，可惜我們臉上鮮豔的色彩並不會讓我們看起來比較迷人。我確實需要喝一點水，但我猜現在我的皮膚和泡泡紙之間可能積了多達三品脫的汗水。我完全不想喝汗水來解渴。

坐在我身旁的席納斯不以為然的哼了一聲，但還是為我解開透明膠帶，這也表示他並沒有抬起他的大鼻子看著我。無所謂，他高興就好。席納斯就這樣一路低著頭替我撕開透明膠帶，直到我們抵達他家。

我用毛巾擦乾身體後，毛巾上的水分多得滴在地板上。從我身上卸下來的泡泡紙在腳邊堆積成一座小山。

「我比較喜歡你整身泡泡紙的模樣。」席納斯說。他還是一樣喜歡嘲諷我，火力更勝以往。

「我看起來像一顆梅乾。」我讓他看我的手指，上面的皮膚變得皺巴巴的，彷彿我泡了整天的澡。

「我應該為你感到難過嗎？你千萬別奢望我會給你一個擁抱，因為我絕對不會抱你。」

我嘆了一口氣。為什麼我的救命恩人會是席納斯呢？這段時間我和他的關係變得那麼惡劣，他接下來一定會不停嘲笑我，對我說：「我老早就警告你了！」

「你是不是還在生我的氣……」

「你為什麼會這麼認為？」

「讓我把話說完！」我忍不住大吼。由於今天發生了太多事情，耐性早就被磨光了。我無法繼續好聲好氣的對席納斯說話。「你是不是還在生我的氣？因為上次在滑板公園的時候，那些傢伙嘲笑你。」

「你別傻了。」他對於我的疑問嗤之以鼻，「你認為我會耿耿於懷那些人的批評？」

「那麼，你是因為我一直忙著練習滑板，所以才生氣的嗎？是不是這樣？是不是因為我冷落了你？」

「反正你本來就是在自掘墳墓。」席納斯不以為然的聳聳肩。

我的老天！他根本就像是一個鬧脾氣的小娃兒。

「如果你是因為我冷落你而生氣，我向你道歉。我想我真的對滑板這件事太過投入，結果忽略了身旁許多事情。」

「隨便你怎麼說都好。」

「你應該看得出來，玩滑板讓我變得很開心。如果你也能找到你擅長的嗜好，我想你也會變得很開心。」

席納斯突然從椅子上跳下來，憤怒的衝到我面前。

「誰說我什麼都不擅長？哪個傢伙說的？他憑什麼這麼說？還有，你哪裡明白我到底喜歡什麼！」

「嘿，放輕鬆，放輕鬆。」我沒想到席納斯會氣得七竅生煙，在我面前張牙舞爪，雖然我覺得他看起來像是在憋尿。「因為……因為你從來沒有告訴過我，你究竟喜歡些什麼。就是這樣罷了。雖然你是我的朋友，但是我們從來沒有好好聊過彼此心裡在想什麼，對不對？我們沒有……」

「對，或許我不認為自己必須擅長什麼嗜好，或許我知道自己擅長什麼就夠了。我不需要受到大家的歡迎，不像某些人。」

席納斯這招回馬槍夠狠。儘管他說的話很傷人，但是他沒說錯，我確實受夠了老是扮演一個笨手笨腳的華裔矮冬瓜。一次也好，我希望大家能夠注意到我。結果你們瞧瞧，我淪落到什麼樣的田地。不過，我不能告訴席納斯這些真心話，不能讓他這麼輕易就占了上風。

「沒錯，我不像你那麼瀟灑。但是不管怎麼說，你並不快樂，對不對？無論你現在擅長什麼，那些事並沒有讓你因此充滿喜悅。最近的你，把所有時間都埋首於那本白痴筆記本中。」

席納斯的臉上閃過一絲畏縮，但是馬上又裝出不在乎的樣子。我知道自己傷害到他了。我以前從來沒能刺穿他的武裝。

「也許你覺得我那本筆記本很白痴，但是我知道裡面有什麼樣的東西。」他的回答聽起來很不成熟，可能接下來就會朝我吐口水。

「那就讓我看一眼啊。」我還以顏色，「如果你的筆記本真的那麼了不起，那就讓我看一看，讓我也崇拜一下。」

「除了我之外，沒有人可以看那本筆記本。」

席納斯簡直快讓我抓狂，但是我已經不想繼續忍受他的態度。

「讓我告訴你一件事，席納斯，我很感激你今天救了我，真的非常感激，但是我很不喜歡你的態度。你坐在那兒得意洋洋、嘲笑我自掘墳墓，但是你自己呢？你永遠不敢為自己挺身而出，也不敢大膽追夢。我猜你心裡一定很清楚其他人是怎麼看你的，是吧？」

他聳聳肩，彷彿什麼都不在乎。但就在那一瞬間，我可以感覺他其實非常在乎。

「大家都覺得你是一個瘋子，以為你的大腦有問題，因為你經常站在牆壁前，像木頭人一樣盯著牆壁看，而且一看就是好幾個小時。我的意思是，別人把你當成瘋子，難道你不生氣嗎？」

這句話就這麼輕易的從口中說了出來，我這輩子從來不曾如此直率的對別人說話。我突然擔心會不會刺傷席納斯，於是接著轉換態度。

「不過，我完全不覺得你是怪胎，因為你是我的朋友。所以，如果你在筆記本裡寫了什麼很厲害的東西，希望你和我分享。假如你不打算告訴別人你的真本事，可以由我來告訴大家，因為這是朋友該做的事。」

我看見席納斯的手伸向他褲子後側的口袋，那本神奇的筆記本就放在後側口袋裡。最後他還是沒有拿出筆記本，只是搖搖頭，對我笑了一下。

「不行，查理。我不能讓你看筆記本。」

我不滿的哼了一聲，打算轉身離開，但是席納斯攔住了我。

「我願意與你分享更多東西。我將來會好好告訴你我會些什麼本領。我會完完整整的讓你看個過癮。」

席納斯臉上洋溢著瘋狂的自信，他自鳴得意的模樣更甚以往。他總是搞不清楚場合的高傲態度，此刻似乎想要訴說些什麼。

「好啊，那麼現在就讓我看看你的本事。」

沒想到席納斯再度用力搖頭。

「不行，我現在還不能說何時才讓你一探究竟。你必須耐心等候。只要你睜大眼睛，一定會看得見。」他的雙眼因為興奮而睜得大大的。「多虧你今天的搞笑裝扮，到時候你絕對不會錯過！」

在那一瞬間，我突然覺得也許其他人是對的，也許席納斯的大腦早就已經在他擤鼻涕時被他吹跑了。

但席納斯的眼神帶著一種堅定，讓我決定相信他，並且告訴他我非常期待那一天的到來。

「明天要不要一起走路上學？」我問席納斯。

「不了。」他回答，「明天有事要忙，還有些東西需要計畫。我們直接在學校碰面吧！」

毫無疑問，我撩動了他內心原本平靜的湖水。因此我二話不說，拿起腳邊那堆泡泡紙，準備先找個垃圾桶丟掉它們，然後回家去。

20

儘管我覺得席納斯很討人厭，而且他對自己太過志得意滿，但是能夠和他重修舊好的感覺真棒，讓我在泡泡紙事件後的數個星期都不會惶恐害怕，因為我不再需要獨自面對一切。和泡泡紙事件相比，與老媽在滑板公園吵架後大家對我的冷嘲熱諷根本不算什麼。

大家當面嘲笑我、寫詩或編歌來挖苦我，甚至到處張貼我出糗的照片，連廁所馬桶上都貼，學校沒一個角落能讓我安心避風頭。

具有拍照功能的手機簡直就是專門對付我的復仇女神。我出糗的照片至少有三十種不同的畫面與角度，素材多到可以讓大家剪接成影片。

事實上，還真的有人把我的照片做成影片，在學校餐廳裡的電視上播放。以前大家頂多嘲笑餐廳的伙食有多難吃，如今全校同學有了最新的話題可以拿來說笑。我不知所措的坐在餐廳裡，雙手摀住臉，只敢透過指縫看著電視上的畫面。當看見全身包裹著泡泡紙的我被滑板少年一路滾過公園時，感覺就像自己又死了一遍。彷彿我的身體一點一滴的破裂，就像包裝紙上的泡泡一樣。

就在這個時候，席納斯出現了。他大步往電漿電視的方向走去，超人的披風彷彿飛揚在他身後。

當他距離電視只剩幾步之遙時，有兩名十二年級的大塊頭學長擋住了他的去路。

「如果你敢關掉電視，我們就用同樣的方法懲罰你。」其中一隻大猩猩以豬叫般的聲音說。

席納斯歪了歪頭，毫無懼色的看著他們。「你的提議挺有趣的，但是好像沒有什麼威嚇作用。」席納斯表示，「你何不直接告訴我，如果我碰電視機一下，你們就會揍扁我？這樣不是更直接、更有效嗎？」

那兩個學長互看一眼，顯然對席納斯這番回答相當吃驚，但他們隨即握緊拳頭，朝席納斯揮去。

奇妙的是，席納斯顯然摸清楚他們的威脅，馬上往餐廳出口的方向拔腿就跑，並順手拉掉電視插頭。

我以前從來沒見過席納斯跑得這麼快，尤其當那兩個傢伙說要先揍扁席納斯的鼻子時，他速度又更快了。

我想，他們的拳頭大概可以輕輕鬆鬆伸進席納斯的鼻孔裡。但我已經惹了太多麻煩，完全不敢多說廢話。

比較悲慘的是，大家對我的捉弄不只發生在學校餐廳裡。每天早上八點鐘，從我一踏進校門，對我的惡作劇就隨即展開，甚至連晚上我坐在「特別好炒」櫃台接聽點餐電話時，他們也不放過我。

大家替我取了一個外號，這個外號足以和席納斯的外號媲美，而且不是在滑板公園的「迷你火箭人」。

當然不是。現在所有認識我的人都叫我「泡泡紙男孩」。就連其他不認識我的傢伙也開始這樣稱呼。

我和席納斯在學校時都必須躲躲藏藏，像是兩名被放逐的人。我試圖以不同的角度解讀別人嘲笑我的話語或行為，嘗試以幽默的態度看待這一切。只不過，在學校裡的每一天、每一分鐘對我和席納斯都充滿傷害，尤其是我。因為我曾經差一點就被大家所接受，心裡的失落感更大。

大家對我的嘲弄重擊著我的腦袋、壓迫著我的身體，讓我在一瞬間又變矮了許多。但是每當我幾乎要淹沒在這片泥沼中時，席納斯就會來拯救我，告訴我一切不必擔心。

「情況本來可能會更糟，你可能會變得像布尼恩一樣討人厭。」席納斯說。多虧有他的鼓勵，我才能勉強在學校裡撐下去。

但是他自己還是一樣古怪，完全沒有改變，仍舊對他的筆記本和牆壁情有獨鍾。

席納斯特別迷戀校門口外的巨大磚牆。那面牆是一排連棟房屋的邊牆，從那棟建築物可以俯瞰我們學校的教室。那排連棟房屋相當雄偉，總讓我想起公園裡的滑板平台。從我就讀的貝爾菲爾德中學往外看，無論在學校的哪一個角落，幾乎都可以看見那排連棟房屋。

總之，那種磚牆是席納斯最喜愛的類型。而當那面磚牆上出現奇怪的塗鴉時，席納斯也一併對那幅塗鴉畫產生興趣。

對，我剛才是用「塗鴉」二字來形容那玩意兒。一開始，那面磚牆上只出現一個字母：一個巨大且高達四公尺的字母「B」，被人用噴漆粗魯的噴在牆壁上。那名創作者如果不是手臂超長，就是有一把可以拉得很高的梯子。

「你覺得那個怎麼樣？」席納斯問我，一面用充滿批判性的眼光看著牆上那個字母。

「什麼東西怎麼樣？」

「那個！」他朝著字母頓頓下巴，嚴肅的表情像是他打算辯論那個字母的優缺點。

「什麼東西？你是說那個塗鴉？」

「你覺得那個是塗鴉？」席納斯反問我，「那個字母對你來說只是個塗鴉？」

「呃，起碼那稱不上是『蒙娜麗莎的微笑』吧？不是嗎？再說，我們又不是芝麻街裡的玩偶，幹麼要把字母寫在牆壁上教我們念？大家早就認識那個字母了。」

席納斯沒有再多說什麼，但是當我們走過那道磚牆時，他依然歪頭盯著那個塗鴉字。我們在街角轉彎時，席納斯甚至還停下腳步，看了它最後一眼。

「席納斯可以來我們家待一會兒嗎？」我站在櫃台另一頭詢問老媽。

老媽以懷疑的眼神打量著席納斯，席納斯則裝出他最天真無邪的眼神回應老媽的視線。他知道老媽不太喜歡他，但是他完全不在乎，一如他對別人的態度。

「我們要一起做功課。我們有項作業必須一起完成。」

「當然可以啊。」老爸搶在老媽之前回答。他的眼睛流著眼淚，因為他正在切一顆我這輩子見過最巨大的洋蔥。

老媽不高興的瞪了老爸一眼，不想理會他的發言。於是老爸聳聳肩，繼續低頭切他的洋蔥。

「我們今天就當成是一次嘗試，我可以同意讓席納斯進來。」老媽最後才終於開口。「但是，不要以為我已經原諒你和你哥哥把『溜板』借給我們家查理的惡行。」

老媽竟然把「滑板」說成「溜板」，我尷尬的低下頭。

「是滑板。」

「管它叫什麼，反正就是一種會害死人的玩意兒。那根本是裝了輪子的絞刑台。」

老媽不滿的搖搖頭，並拉拉她脖子上的圍巾。

我想老媽八成已經猜到我最近幾個星期在學校的處境有多悲慘吧？或許這是她突然心軟的原因，想藉此向我表達歉意，為自己惹出來的風風雨雨致歉。不，不太可能。但如果你們站在我的立場，你們也會像我這樣瞎編理由讓自己覺得好過一些。

「妳今晚要不要上課？」我問老媽。

「今晚不必上課。」老媽回答時，臉上突然又出現悲傷的神情。「今晚的課暫停一次，但不代表我今晚閒閒沒事。我必須去採買一些伙食和日用品，因為它們不會自動現身在我們家的櫥櫃裡。」

真是一個棒極了的好消息，這表示在老媽闖進我房間趕席納斯回家前，我和席納斯還能享有一個小時的安寧。

「現在馬上去做你們的功課。」老媽在轉身離開前下令，手指指著我和席納斯。「記住不准玩電動玩具！」

「那當然。」我回答老媽。

「我們一定不會偷玩電動玩具。」席納斯也馬上附和。

等到老媽離開之後，我和席納斯立刻互看對方一眼。

「你要玩電動嗎？」我問席納斯。

「如果我不玩電動，不就太失禮了嗎？」他一口答應，跟著我上樓走進房間。

我和席納斯馬上開始玩《喪屍大戰》，打得非常開心，不過只有短短的十五分鐘。老媽當然不知道我有這個遊戲，因為她完全不讓我接觸與暴力有關的事物。她甚至不太願意讓我玩《二〇一三世界杯足球賽》的遊戲，擔心我會玩到肌肉拉傷。所以我只好從拍賣網站購買二手的《喪屍大戰》，並在一收到賣家寄來的遊戲時，馬上丟掉包裝盒，將光碟藏進舊的《芝麻街布偶》遊戲空盒中。你們應該懂我這麼做的理由吧？老媽認為豬小妹很安全，不會對我造成任何傷害。

我和席納斯玩到緊要關頭時，突然有人打電話來。最奇怪的是，鈴聲大作的並不是餐廳裡客人訂餐專用的電話，而是我們家的家用電話。從來沒有人打那支電話給我們，因為老媽有自己的手機，她一天到晚用手機和朋友討論晚上上課的內容。那麼，家裡的電話為什麼會響呢？或許它只是想要提醒我們該替它清清灰塵了。

電話第一次響起時，沒有人去接聽，因為老爸在樓下忙著炒菜，根本聽不見電話鈴聲，而我也不可能為了接聽電話行銷而放下手邊玩得正緊張的遊戲。

響第二次時，我還是不想接聽。等到第三次，我開始覺得事情不太對勁。

「你不覺得我老媽應該要進來查看我們有沒有乖乖寫功課了嗎？」我問席納斯。

席納斯的眼睛依舊盯著螢幕，但是他回答時故意模仿老媽，把聲音裝得既尖銳又神經兮兮。雖然席納斯模仿得不太像，但是聽起來非常搞笑。

「你的數學作業寫完了沒？」他尖聲尖氣的說，「不要把鉛筆削得那麼尖，因為鉛中毒是無形的殺手！」

我不介意席納斯模仿老媽，起碼他模仿得很有趣，不像滑板公園裡的那群白痴。而且，如果我要他閉嘴，他就會停下來。雖然他不會馬上停止，但最後還是會停下來。所以我也決定玩一玩，和他一起模仿我老媽（反正我的聲音本來就又高又尖，根本不太需要假裝）。我們說說笑笑，想像各種消遣自己的玩笑。像我們這樣瘋狂模仿老媽的聲音，別人聽起來肯定覺得我們是神經病，但是我們才不在乎，因為實在太好笑了。我和席納斯已經好久沒有一起笑得這樣開心了。

電話第四度響起，而且響了好久。然後，又響了第五次。我再也無法忍受電話響個不停，於是我邊咯咯笑，邊走到走廊上接起電話。但是我忘了先調整回自己原本的聲音，直接模仿老媽的聲音開口。

「喂，你好。」我尖聲尖氣的說。

有個聲音在我說完之後立刻回應，聽起來上氣不接下氣，好像十分緊張。對方是個女人，但不是我老媽。

「喔，謝天謝地，雪莉，還好妳在家。我撥妳的手機一直不通。我是橡樹園的寶琳。朵拉的情況好像不太樂觀。我擔心她可能又發作了。」

我不知道寶琳是誰，也聽不懂她在說些什麼。但是在接下來的兩分鐘，我的人生完全變了樣。

21

自從進入青春期之後，我頭一次感謝自己的聲音受到詛咒，以致說話聲尖銳而可笑。不過，連續模仿老媽的聲音長達兩分鐘後，我的喉嚨開始覺得刺痛，就像被一大把蕁麻刺傷的感覺。可是我必須繼續裝下去，因為我還沒弄清楚這通電話到底是怎麼一回事。

我和電話那頭的對話如下：

我：「發作？朵拉？」我絞盡腦汁想知道這個女人所說的朵拉到底是誰。

寶琳：「（先停頓了好一會兒）呃……對，昨天進行完療程之後，她整天的狀況都很好，我們原本希望這種新藥可以對她的病情有所幫助，但是在一個小時左右之前，她突然又開始抽搐了。」

我：「（腦子還在拚命想從這團混亂中整理出頭緒，聲音不知不覺低了下來）抽搐？」

寶琳：「（這次停頓的時間更久）妳知道的啊！身體一下子抽動，一下子又緩和，就像她每次發作的時候一樣。（又停頓了一會兒）……雪莉，妳還好嗎？妳聽起來好像……怪怪的。妳是不是生病了？」

我：「（馬上又提高聲調，甚至比以往任何時候都還尖銳）沒事，沒事，我很好，我只是……因為妳打電話來的時候，我正在休息，我可能是睡得太沉了，現在腦子還有點呆滯。」

寶琳：「喔，真抱歉。妳聽起來確實和平常不太一樣。」

我：「馬上就會沒事的。所以，呃……朵拉現在還好嗎？（我真想放棄這場扮演遊戲，直接掛上電話，但是我的手不肯聽命於大腦的指揮）她能不能過來接聽電話呢？（如果能聽見她的聲音，或許就比較能夠釐清真相。）」

寶琳：「（好像有點困惑，或許她覺得自己正和一個超級大白痴講話）恐怕不太方便。但是她現在好多了，真的。她現在已經在休息了。除此之外……妳應該知道，她沒有辦法表達自己的感受，不是嗎？」

我的心臟頓時嚇到停止，但大腦還在不停思索，腦細胞以每小時一百英里的速度飛馳著。這位不知是何方神聖的朵拉，沒有辦法開口說話嗎？她到底怎麼了？這通電話該不會是滑板公園那些傢伙的惡作劇吧？我是說，他們把我整得還不夠過癮嗎？

寶琳：「雪莉，妳還在線上嗎？」

我：「（聲音聽起來就像是罹患了遲緩症的人）我還在。」

寶琳：「請不要擔心，親愛的。我明白妳的感受，畢竟她是妳的親妹妹……」

我：（我的頭因為難以置信而當場爆炸）

寶琳：「……不過，情況不會比昨天糟糕，是真的。她現在已經睡了。醫生剛剛去看過她，醫生確信只要藥物控制得宜，她的情況就會再次穩定下來，所以妳不必特別趕過來。我想妳也應該好好睡一覺，因為妳聽起來還是……相當疲倦。」

我：「我真的很累。而且，我剛才驚嚇過度，妳應該懂我的感覺。」

（我沒有說謊。「驚嚇過度」大概還不足以形容我剛才的感覺。）

寶琳：「當然。但是請妳不要太過擔心。我們明天同一個時間碰面，好嗎？」

我：「好的。沒問題。再見。」

我輕輕放下電話筒，像一具喪屍般搖搖晃晃走回房間。我怎麼會碰上這種事情？

席納斯頭一次沉默不語，沒有說些嘲諷或輕蔑的話語，房間裡只聽得見我轉述剛才那通電話的聲音。

「哇。」最後席納斯終於開口，「這實在太迷幻了。」

「你認為這通電話是惡作劇嗎？是不是滑板公園的那些人想捉弄我？」

「老兄，泡泡紙是惡作劇，但這件事不一樣。沒有人會捏造這種事！」

席納斯說得對，但我還是無法相信這件事情是真的。

我的意思是，為什麼我從來不知道老媽有個妹妹？她明明就是獨生女啊！我用盡全力回想自己是否曾經有個阿姨，一個比老媽正常而且個性比較隨興的阿姨，一個在老媽嘮叨我的時候會站出來力挺我的阿姨。但是想來想去，就是沒有這一號人物。我甚至沒有見過我的外公和外婆，因為他們在我出生之前就過世了。老媽那邊沒有任何親戚，只有她一個人。

「如果這件事情是真的，老媽為什麼不告訴我呢？」我問席納斯。「她為什麼不讓我知道這個祕密？」

「那我就不清楚了。」

「那麼老爸呢？為什麼他也沒告訴我？」我開始有點不太高興，身體裡的血液因為困惑而漸漸沸騰。「我的意思是，他一定知道這件事情，因為老媽不可能連老爸都瞞，對不對？」

席納斯聳聳肩。有那麼一瞬間，我覺得他好像巴不得馬上逃離我家這座瘋人院。

「我要去問老爸。」我大叫一聲，並且從地毯上跳起來。「我要他告訴我整件事的來龍去脈。」

席納斯一把抓住我，把我拉回地毯上。

「你不可以這樣做，起碼現在還不可以。想想看，如果你老爸真的也不知道呢？想想看，如果你老媽也沒有讓你老爸知道這件事情，他肯定會發瘋的。不行，我們必須先搞清楚這件事情。我們應該先做一些調查。」席納斯拿出我的筆記型電腦，開了機。「你剛才說那個地方叫什麼名字？」

我的腦袋裡一片空白。

那地名是某種樹木，但是我怎麼也想不起來是哪一種樹。

我像是傻瓜，呆呆坐在地毯上。

「拜託！」席納斯顯得相當錯愕，「你該不會已經忘記了吧？」

「有個陌生人剛才告訴我，說我有一個從來不知道她存在的阿姨，而且我老媽可能是全世界的頭號大騙子，說不定連我老爸也是。我根本太天真無知，才會被他們騙得團團轉。所以，如果我想不起那家醫院的名字叫做『橡樹園』，請你不要跟我這個大笨蛋計較……橡樹園！那個地方叫做橡樹園！」

我不禁用手摀著嘴巴，感覺鬆了一口氣。席納斯立刻上網搜尋。

「橡樹園。」他隨即讀出從網路上找到的資料。「它是一個療養院，負責照護長期臥床的病患……提供全天候二十四小時的照護服務……尤其專精於照護頭部受傷或生病的患者。」

「這家療養院在什麼地方？」我問席納斯。許多想法不斷湧上我的心頭。

他快速瀏覽著電腦螢幕。「老城區，就在漁業博物館旁邊。」

「好。」我再度從地毯上站了起來，「我們出發吧！」

「去哪裡？」席納斯一時還沒反應過來。

「你認為呢？大白痴！當然是橡樹園啊！」

「但是，你老媽過一會兒就回來了，不是嗎？」

我看了一下時間。老媽每次去採購總會買一大堆東西，分量可以從地上一路堆到天花板。我認為如果我和席納斯動作夠快的話，應該不會有問題。

「我們必須要有交通工具。」我大聲的說。

「搭公車的話，只有兩站的距離。」

搭公車是行不通的。我們只有一個選擇，雖然這個主意不算太好，而且席納斯肯定不會喜歡，但這是我們唯一的選擇。

22

我以風一般的速度飛馳著。呃，其實不是那種強風啦……也許只稱得上是一陣微風。總之，我已經在不損害雙腿的極限之內，經竭盡所能的加快速度了。

平常即使是狀況最好的時候，要騎得動「鋼鐵犀牛」都不是件容易的事，現在還要把席納斯塞進車前的菜籃裡，簡直就是難上加難。

席納斯看見這輛三輪車的時候，馬上開口碎碎念，發表了一長串批評與抱怨。偏偏他是一個非常愛管閒事的人，假如他不能跟著我去橡樹園一探究竟，他心裡的失落感會比搭乘「鋼鐵犀牛」的丟臉感更難以承受，所以他發完牢騷後，就乖乖的反身坐進三輪車的菜籃，雙腳懸掛在「鋼鐵犀牛」的車頭把手上。雖然我的個子比席納斯嬌小，應該由我坐進菜籃，但是席納斯根本踩不動鋼鐵犀牛的踏板，所以只好我來騎，他來坐。

要不是此刻心中有無比沉重的壓力，我一定會大大嘲笑席納斯一番，因為他這副模樣看起來實在是太可笑了。只要再蓋上一條毯子，他就可以完美的扮演外星人ＥＴ。

假如席納斯是ＥＴ，我們就可以運用外星人的超能力，讓三輪車飛到空中，以噴射機的速度飛往目的地。可惜事與願違，所以我只能咬緊牙關，用盡全身力氣踩著踏板，將我們載往橡樹園。

二十五分鐘後，我們終於抵達橡樹園。這時我和席納斯都已經只剩半條命：我騎車騎到快累死，席納斯則是差點被憋死在三輪車的菜籃裡。他從菜籃裡脫身之後，立刻像足球運動員那樣往地上一躺，並且滾了幾圈。接著他就躺在地上動也不動，讓我差點想狠狠踹他一腳，但最後還是忍住了，畢竟我還需要他的幫忙。我伸手將他從地上拉起來，並且拚命說好話替他打氣。

橡樹園是個相當寬敞的地方，看起來至少有上百年的歷史，隨處可見雄偉的廊柱以及斑駁的匾飾。療養院的主建築坐落於大大的花園正中央，周圍環繞著古老的樹木與石凳。儘管這裡到處種滿了橡樹，但還不至於遮蔽位於大約一英里外的海灘。

「不錯的地方。」席納斯說。

「超大的。」我補了一句，「你覺得我們能夠找到她嗎？」

席納斯不確定的聳聳肩。「我們可以試一試。你看，那邊有個接待櫃台。」

我往療養院主建築的方向走去，這才突然意識到我根本還不清楚自己應該怎麼做。我的意思是，我要如何開口問人：「我想見見我素昧平生的阿姨，請問她住在哪一間房？」而且，等我真的見到她的時候，我又應該說些什麼？她知道我是誰嗎？她知道我的存在嗎？

這些突如其來的想法，對我來說似乎有點太沉重了。我好想立刻轉頭，喀啦喀啦的騎著鋼鐵犀牛回家，然後躲進被窩裡。不過，腦子裡的某個畫面阻止了我逃走的衝動。

我想起老媽在過去幾個星期以來的憔悴容顏，她臉上深刻的皺紋以及悲傷的表情。原本我還以為老媽在煩惱那個愚蠢的熱石按摩課，現在才明白她是為了神祕的朵拉而憂心。

我又想起老媽這些年來的詭異行徑。她為了不讓我起疑，晚上假裝去上課；她為了不讓我懷疑，宣稱自己去學習才藝，但其實是到這裡來探望朵拉。我不禁猜想，這些年來老媽到底往返過橡樹園多少次？

我的腦子裡有一百個問題在打轉，而且我深信所有的解答就在前方那棟建築物裡。儘管答案的真相會讓我震驚不已，也一定要查清楚，絕對。

不過我還是不知道等會兒該說些什麼。席納斯和我推開大門，走向接待櫃台。這間療養院光是接待處就非常寬敞，大概和我家差不多大。這裡裝潢得一點都不像醫院，反而比較像高貴的住家。唯一可以與醫院產生連結的元素是四周充斥的氣味，聞起來就是醫院裡的消毒藥水味，讓人一走進來馬上就全身緊繃。

橡樹園的接待處相當安靜，空氣裡飄著輕柔的音樂，但是我沒看見任何一個喇叭或音箱，無法得知那有如催眠曲的音樂是從哪裡傳出來的。

然而，站在櫃台後方的護士小姐顯得不太平靜，因為她企圖同時進行三件事情，結果三件事情都沒能做好。

她一面講電話，一面打算在印表機裡添加白紙，卻因此讓電話線在她身上繞了兩圈。她對著電話筒含糊不清的說著某種我和席納斯都聽不懂的語言，如果那不是專業的醫學術語，恐怕就是非常艱深的髒話，所以我們都沒聽過。根據上個月經歷的那場髒話霸凌，我必須相信護士小姐說的應該是專業的醫學術語。

雖然前面兩件事都沒做好，護士小姐仍堅持要進行第三件事：喝一口放在印表機旁邊的果汁。果汁杯裡插著一根又長又捲的吸管，每當她低頭想喝果汁時，吸管就會不偏不倚戳中她的眼睛。那個畫面非常爆笑，但是因為我的心情實在太沉重了，根本笑不出來。

我和席納斯走進接待處的最初幾分鐘，護士小姐完全沒有注意到我們，直到她因為喝不到果汁而怒翻白眼時，才終於發現了我們。我猜她心裡一定很不高興，因為在她手忙腳亂的瘋狂時刻，竟然還有兩個白目的小鬼來找麻煩。

所以她根本不理我們，故意慢吞吞的講完那通電話，接著試圖從纏繞在她身上的電話線脫困，沒想到一不小心打翻了果汁。

她生氣的嘟起嘴，飆罵出一長串更為深奧難懂的醫學術語。

我從櫃台桌上的面紙盒裡抽出一把面紙，急忙幫她吸附灑在桌面的果汁，不料卻反將那攤果汁逼向印表機。

「好了，好了，多謝你的幫忙。」護士小姐連忙開口，同時伸手搶走我手裡的面紙。「我可以自己處理。」

席納斯瞥視她一眼，彷彿想問她：「妳真的確定嗎？」

如果我真的有個阿姨住在這間療養院裡，我由衷希望眼前這位小姐不是負責照顧她的護士。

護士小姐繼續清理桌上的果汁，拿面紙又吸又擦。好不容易終於清理乾淨了，她才把吸飽果汁的面紙團丟入垃圾桶，並做了一次深呼吸。她勉強裝出一個不太誠懇的笑容，嘆了一口氣。「好了，小朋友們，你們有什麼事情需要我效勞？」

就在她說這句話的同時，療養院裡的警鈴突然響了起來。那種聲音就像是第二次世界大戰的電影中可以聽見的空襲警報聲，彷彿納粹即將對倫敦進行攻擊。護士小姐的表情非常恐慌，嚇得我差點打算躲到離我最近的桌子底下。她拿起原本架在桌台上的麥克風，對著麥克風大喊：緊急小組集合！聲音大到我們的耳膜都快被震破。她隨即離開座位，往右側的一扇門衝去，匆忙之中再度打翻她的果汁。

「小朋友，我馬上就回來。你們在這裡等我。」她跑開前，轉頭對我們說。

聽見她這麼說，我便想找一把椅子坐下乖乖等她回來。但是席納斯卻不這麼想。相反的，他緊跟在這位護士小姐身後，並且在她衝進門後一把抓住門扇，防止門自動鎖上。

「你在幹什麼？」我低聲問席納斯。

「我們剩下的時間不多了。再過四十分鐘，你就必須乖乖坐在家裡等你老媽回家。我只不過是想在你老媽將你禁足一輩子之前，先替你找到你阿姨。」

席納斯真是個天才！一個驕傲自大又惹人討厭的大鼻子天才！要是少了他，我真的什麼事都辦不成。

於是我們不假思索的衝進門內。進門之後，我們眼前出現一座樓梯。我相信朵拉就在這棟建築物裡的某個地方，我們必須找到她，還必須盡快找到她。

23

每條走廊看起來都一樣。

我開始搞不清楚哪幾條走廊是已經走過的。我覺得手表發出的滴答聲彷彿越來越響亮，而我心中的惶恐與不安也越來越強烈，此刻的壓力就快要超過我所能承受的極限。

「有沒有發現什麼？」我低聲問席納斯。

席納斯搖搖頭，繼續往前走去。他的大鼻子貼在一扇又一扇的門窗前，窺視每間病房裡的情況。儘管他的模樣真的很好笑，但是我現在沒有時間取笑他。

如果我知道朵拉的長相，或許會有點幫助，偏偏我對她一無所知。我不知道她的年齡，也不清楚她的頭髮是什麼顏色，我對她完全不了解。我甚至不知道她看起來比老媽年長或年輕。既然老媽從來沒有提起過她，她很可能是外公外婆領養的小孩，與老媽沒有血緣關係。我和席納斯一點線索都沒有，就算我們在這裡找一整晚，也不見得能找到朵拉。

偷窺病房裡的病人讓我覺得相當不自在，這行為彷彿我打算偷拿他們的私人物品。加上這裡的病人好像都病得很重，大部分的人都只能躺在床上，有些人在睡覺，有些人則眼神放空望著天花板，讓我的罪惡感更為加深。至於其中幾位情況比較好的病人，雖然可以坐在椅子上看電視，但是我不確定他們是否真的在「觀賞」面前的電視畫面，更遑論他們是否真的看懂。我不禁開始擔憂，朵拉是不是也和這些病人的狀況相同？打電話來的那個女人提到朵拉會全身抽搐，這到底是什麼意思？如果朵拉見到我之後又開始抽搐，那我該怎麼辦才好？我開始有點害怕，狂顫不已的心跳彷彿希望我中止這次搜尋任務。這個時候，遠在走廊盡頭的席納斯突然對著我大叫，我覺得他的音量實在太大了。

「我找到她了！」席納斯大聲喊著，但是臉上沒有雀躍的笑容。「她在這間病房裡。」

我飛也似的往席納斯那頭跑去，速度比我溜滑板時還快。席納斯站在病房房門的小窗前，他的大鼻子所呼出的氣息，讓小窗的玻璃蒙上一層霧氣。

「你確定是她嗎？」

「我非常確定。」

我動作粗魯的把席納斯推到一旁，然後用袖子擦掉小窗上的霧氣。

我終於看見朵拉了。

一定是她，沒錯。

肯定是的。

因為她看起來就像是重病版本的老媽。

沒來由的，在還沒有見到朵拉之前，我一直把她想像成高頭大馬的女性，身材臃腫加上一副大嗓門，甚至個性帶點狂野。但是眼前的朵拉與我想像中完全不同。

朵拉非常瘦小，簡直就像一根牙籤似的。她的四肢幾乎只剩皮包骨，乾瘦得幾乎沒有肉，皮膚在關節處緊緊繃著。我不禁擔心，只要她輕輕一動，皮膚可能就會被扯破。

雖然她的外形和老媽截然不同，但是當我看見她的雙眼時，就馬上確定她和老媽是親姊妹，因為她們兩人擁有幾乎一模一樣的雙眼。我看著朵拉，感覺就像看見了五十年後的老媽。

坦白說，朵拉的樣子看起來有一點嚇人，宛如早期電視節目中的木製人偶。儘管我心裡有些抗拒（但是這種抗拒感立刻讓我心生愧疚），我還是推開了病房房門，走進朵拉的病房。

「你在外面把風。」我小聲的對席納斯說。於是他臉朝向外側，像保鑣似的守在病房門口。

朵拉的房間很整潔，但擺滿了各種物品，彷彿她這一生都住在這間病房裡，也顯示老媽確實欺騙了我許久。

房間裡的四個角落都有櫃子，櫃子上擺滿由陶土捏成的小人和動物，其中有許多隻大象，每隻大象的鼻子都朝著窗戶。

我的視線快速瀏覽櫃子上的各項物品。我並不是對那些小擺飾感興趣，只是想尋找某個東西，某個會加深我恐懼的東西。最後，我在朵拉病床旁的床頭櫃上發現了它。

一個棕色的木製相框，相框裡的照片是老媽、老爸和我一家人開懷大笑的模樣。我記得這張照片是什麼時候拍的，大約五年前，我們一家三口去看默劇表演，散場後就拍了這張照片做為紀念。當時我們笑得好開心，那是我有記憶以來，全家笑得最開懷的一次。在那天之前或者之後，我們都沒有這般笑過。照片中的老媽看起來非常快樂，臉上沒有一絲煩憂，所以我喜歡這張照片。我希望我們一家三口還能再展現如此無憂無慮的笑臉。

看見這張照片出現在朵拉的病房裡，讓我驚訝得不知道該說什麼才好。這張照片證明了朵拉真的是老媽的妹妹，而且我在那通電話裡所聽見的一切也全是事實。一下子必須面對這些真相，讓我的腎上腺素頓時從腳底一路往上竄升。我不禁搖搖晃晃的走到朵拉病床邊，又繼續注視著這張照片好一會兒，接著才基於禮貌，轉頭望向朵拉。沒想到，朵拉竟然也正盯著我看，讓我嚇了一大跳。

「哈囉！」我脫口而出，「呃，我是……查理。我顯然是妳的外甥，妳對我有任何印象嗎？」我把照片拿到自己的臉頰旁，試著裝出我在照片裡的燦爛笑容。但是這種舉動讓我覺得自己比朵拉還像腦部受傷的病患，於是我又把照片擺回原位，對著朵拉露出一抹帶著歉意的笑容。

朵拉一句話都沒說，她只是看著我，兩隻眼睛動也不動的注視著我。我不確定她能不能開口說話，但是總得試試看才知道。

「我一直不知道妳的存在。」我將身子微微向前傾，試著讓自己看起來輕鬆一點，但這麼做反而搞得我全身僵硬。「我是今天下午才知道的。有人打電話到我家，告訴我妳生病了。這通電話讓我相當驚訝，因為在接電話之前，我甚至不知道自己還有個阿姨。妳可以想像一下我的感覺，對不對？」

朵拉的嘴巴扭成奇怪的形狀，口水就從她的嘴角流了出來。她還發出一種奇怪的聲音，既像是沙啞的喉音，也像是尖叫聲。她究竟是想要對我說話，還是打算大聲呼救？我無法分辨，只能眼睜睜看著她的口水從下巴滴落。

她的椅子旁邊有盒面紙，所以我就抽起面紙拿給她。她看著我，彷彿我是一個神經病。雖然她的雙手與手臂都可以活動，卻只是不停在大腿上方以抽筋般的方式抖動，顯然無意伸手接過面紙。

最後我才慢慢靠近她，替她擦乾淨口水。我不知道自己在猶豫什麼，畢竟她看起來又不會咬人，我想我只是因為不太習慣面對一個……病得這麼嚴重的人。而且，即使我面對著朵拉，心裡的種種疑惑還是沒有得到任何解答。

當我把手伸向朵拉時，她也微微抬起頭來，好讓我擦去她下巴的口水。

「謝謝。」我邊說邊溫柔的為她擦拭，「這樣舒服多了，對不對？」

她還是什麼都沒說，只是一直盯著我看。

「有人告訴我妳生病了，說妳一直不停抽搐，情況不太好。」雖然以這種方式和朵拉說話讓我覺得自己像個瘋子，但是不這麼做的話，我實在不知道還能怎麼辦才好。「妳究竟發生了什麼事，才被人安頓在這個地方？和老媽有關係嗎？這是不是她每天憂心忡忡的原因？」

口水又從朵拉的嘴角流向下巴，我在滴落之前先以面紙接住了。

「妳知道嗎？我真希望自己早點知道妳的事情。如果我老早就知道妳的存在，我一定會來探望妳，我是說真的。」

在那一瞬間，我覺得自己彷彿看見朵拉做出一種「類似」微笑的反應，她這個反應讓我頓時心臟狂跳。遺憾的是，我沒有機會可以再次確認，因為席納斯突然急急忙忙的推門進來，差一點就將我撞倒在地。

「糟了！糟了！」他緊張兮兮的喘著氣。「糟了！糟了！糟了！糟了！糟了……」

我好不容易才穩住身子。「發生了什麼事情？是不是其他人來了？」

席納斯上氣不接下氣的喘著，但是他明明才跑了大約十步路的距離。

「不是！」他氣喘吁吁的說，「不是其他人，是你老媽來了！」

24

短短幾秒鐘內，席納斯和我成了這世界上最礙眼的東西。

如果從病房房門走出去，一定會被老媽看見，所以我們只能焦急的在朵拉病房裡來回踱步，而且緊張的不停碎碎念，還一直撞到對方。朵拉看見我們愚蠢的模樣，想必覺得十分開心，因為她笑了。雖然她的外型已經瘦得不成人樣，但她的笑聲應該是她依舊活著的最好證明。

朵拉的病床下方應該不是專門為藏身而設計，因為有許多奇奇怪怪的機關和裝置。再說，如果老媽察覺病房裡有外人，頭一個檢查的地方肯定就是病床底下。

好吧，也許病床底下會是老媽檢查的第二個地方，她應該會率先查看衣櫥。而整個人驚慌失措的席納斯此刻已經跳進衣櫥裡了。

我和席納斯都沒有什麼創意，這點毫無疑問。

病床底下的空間並不寬敞，我必須誇張的扭曲肢體，才能完全藏進床底下，但是我依舊克服萬難，成功隱藏起來（感謝上天讓我長得這麼瘦小）。我的身體緊緊貼著調整病床高度的金屬旋轉軸，如果老媽突然想替朵拉調整病床高度，我就有被捲入旋轉軸的危險，活生生變成人形烤肉串。但反正老媽逮到我之後也會把我抓起來進行火烤，這麼一來可以省去她的麻煩。

病房的門隨即被打開，老媽的說話聲傳了進來，壓過我的心跳聲。

「那麼，妳在電話裡到底是和誰說話呢？」老媽的語調一如往常般帶點緊張。

「我真的不知道。對方一開始問問題的時候，我就應該發現她不是妳，真的很抱歉，雪莉。但是我打了妳的手機好多次，一次都沒接通，最後才決定打到妳家去，因為我當時實在不知道還能怎麼做。」我認出這個女人的聲音，她就是和我通過電話的寶琳。

「別在意。」老媽對寶琳說，「我想妳八成是撥錯號碼了。」

「但那個人為什麼要假裝是妳？這一點我完全想不透。這個社會實在有太多心理變態的傢伙。」

沒錯！我內心完全同意，而且妳面前就站著一個：喜歡騙人、鬼鬼祟祟的變態老媽。

但我也不喜歡這個叫做寶琳的傢伙，以及她永無止盡的問題。她到底是做什麼的？護士還是私家偵探？我躺在病床底下，覺得寶琳應該把時間拿來好好照顧朵拉，而不是站在那裡替老媽分析一些雞毛蒜皮的小事。

她們的腳步聲越來越靠近病床，最後停在朵拉的椅子旁邊，與我的頭只有短短一公尺的距離。

我不知道她們為什麼沒有嗅到我的恐慌。

老媽一開始對著她妹妹說話，語調馬上就軟化了下來。我這輩子從來沒有聽過她用這麼溫柔的口氣說話。

「哈囉，朵兒。」老媽輕柔的喚著，「對不起，我應該早一點過來看妳。我不曉得妳的身體又不舒服了。妳現在覺得怎麼樣了呢？」

我把頭歪向一邊，貼齊床架的邊緣。雖然有點冒險，但是這樣子我才看得見老媽和朵拉的表情。她們倆靠得很近，彼此的鼻子幾乎碰在一起。這個畫面看起來有點奇怪，宛如她們兩人透過鏡子看著自己。

我突然覺得好難過，發生的每一件事都讓我覺得難過：包括朵拉病得這麼嚴重，包括我完全不曉得朵拉的病情，包括老媽此刻看起來如此傷心。當然，也包括老媽竟然一直瞞著我朵拉的存在。我突然覺得肩膀一緊，有種想哭的衝動。但是我告訴自己絕對不能哭，因為我還沒有搞清楚事情的真相。再說，如果這個時候衝出去詢問老媽，我不認為她會據實以告。更重要的是，病床底下根本沒有空間讓我痛哭一場，如果我流下眼淚，說不定還會被自己的眼淚淹死。

我必須忍住，先等老媽離開，然後再思考應該怎麼做。老媽離開之後，我可以盡情生氣或盡情難過，又或者整個人陷入困惑，端看哪一種反應對我比較有幫助。

「朵拉這次的抽搐有多嚴重？」老媽問寶琳，但是她的目光始終沒有離開朵拉。

「我不想隱瞞妳，雪莉，這次發作的時間很長。我們本來以為能夠藉由新藥物加以控制，但是現在看來，我們可能需要重新評估，也許調整一下劑量。」

老媽揉揉眼睛，她看起來相當疲憊。

「朵兒，我很抱歉。」老媽輕聲的對朵拉說，「妳不應該承受這些折磨。」

朵拉發出一種聽起來相當悲傷的聲音，彷彿同意老媽的說法。

「躺在醫院裡的人應該是我，對不對？不應該是妳。」

當我聽見這句話的時候，腦袋差一點又要炸開。我今天已經必須消化太多爆炸性的新資訊，禁不起更多打擊了。老媽這句話到底是什麼意思？為什麼應該是她躺在醫院裡？我滿心困惑，但也只能夠咬緊嘴唇，才能克制住自己跳出來追問老媽的衝動。

「妳今天做了哪些事情呢？嗯？」老媽一面關心朵拉，一面為她鋪好放在她腿上的毛毯。「今天有沒有看電視？」

朵拉又發出一串聽起來很奇怪的聲音，我想那應該是她的回答。儘管她發出的聲音對我來說完全不具有任何意義，但是對於她本身或老媽而言，顯然是有意義的。

老媽充滿耐心的聆聽朵拉發出的聲音，看著朵拉不停在大腿旁搖晃的雙手。「喔，真的嗎？」老媽就像在和一個牙牙學語的小娃兒對話。「今天的電視節目精采嗎？」

朵拉的聲音變得更急促，也更大聲，她的雙手也開始像風車一樣大幅度擺動。

「好、好、好。親愛的，安靜下來，不要那麼激動，我已經在這裡陪妳了，不是嗎？醫生一定會想辦法控制妳的病情，我可以向妳保證。」

我猜朵拉並不是想要和老媽分享她抽搐發作的經過，而是想要告訴老媽她的外甥正躲在病床底下，還有一個鼻子超大的男孩躲在她的衣櫥裡。

不過老媽這回好像沒有聽懂朵拉的話，相反的，她又變回專橫跋扈的模樣，變回我所熟悉的老媽。

「安靜下來，朵兒，妳這麼興奮的話，身體會承受不住的。而且妳稍早才剛剛發作過。」

但是朵拉還是不肯放棄，繼續哼哼哈哈的吵鬧，並且不斷揮動雙手，就這樣持續躁動了十五分鐘。我的兩條腿也漸漸從不舒服變成麻痺，到最後完全失去知覺。我不敢想像席納斯還能夠在衣櫥裡面撐多久而不發出聲音，除非他在裡面已經睡死了。但目前為止他都還乖乖躲在裡頭，所以我只能推斷他真的已經睡著了，可能還正做著一個奇怪的夢，夢見一面全世界最巨大、最寬闊的磚牆。

我一度以為老媽永遠都不打算離開病房，等到我的頭髮長到從病床底下竄出、延伸至她的腳邊時，大概就是我必須現身投降的時刻。

老媽就這樣一直陪著朵拉，她有時候和朵拉說說話，有時候則沉默不語。她們兩人顯然十分享受彼此作伴的感覺，這點毫無疑問。幸好，寶琳救了我和席納斯，因為她的呼叫器突然響了起來，打斷老媽和朵拉的相處時光。

「雪莉，醫生剛才已經巡房結束，妳要不要和醫生聊一聊，聽聽看他打算怎麼調整朵拉的用藥？」

老媽連忙點頭，並收好自己的隨身物品，離去前還不忘在她妹妹的額頭上溫柔的親吻一下。

「我等一下就會回來。」她輕聲告訴朵拉。「記住，不要讓自己那麼興奮。」我聽出老媽語氣中帶著一點命令式的口吻。

老媽和寶琳走出病房之後，朵拉又哼了一聲。

病房房門才一關上，衣櫥的門馬上就彈了開來。席納斯打了一個噴嚏，差點把衣櫥的門板噴飛。

「裡面好多灰塵！」席納斯抱怨著，隨手拿起一件掛在衣櫥裡的衣服擦擦鼻子。「這個噴嚏我忍耐了十五分鐘！」

「你這個噴嚏聽起來確實累積了相當大的能量。」我呻吟著。席納斯把我從朵拉病床底下拉出來的時候，我的肩膀不小心撞上了床架。「我還以為她這輩子都不打算離開這裡了。」

「我也是這麼以為。我餓了，你那輛三輪車的菜籃裡有沒有東西可以吃？」

我沒有理會席納斯，因為這個時候我完全沒有想到吃東西的事。相反的，我在我阿姨面前彎低身子，以最溫柔的方式牽起她的手。我的手指感覺到她骨瘦如柴的手發出喀喀聲響，彷彿她的手是一張有著百年歷史的衛生紙。

「朵兒阿姨，不好意思。」我輕聲的說，同時也為「朵兒阿姨」這四個字而微微顫抖。「我們不是故意要嚇妳的。我會再找老媽談一談，我保證。我一定會把整件事問清楚，不要擔心。妳要好好保重自己，並且早日康復。」

最後這句話聽起來既空洞又愚蠢。我猜她現在的模樣已經是最好的狀態了。

「我會盡早抽空回來看妳，也許就在下個星期，好嗎？」

朵拉阿姨又哼了幾聲之後，頭便無力的躺回枕頭上，同時閉上雙眼。她肯定累了。我這時也覺得自己累了，但是我沒有時間休息。

我們必須立刻騎著「鋼鐵犀牛」回家，而且我已經知道下一步該怎麼做。雖然這個主意不太好，但還是一句老話：我必須去做。

我一定要找老爸問清楚。

25

當我對老爸說出朵拉的名字時，他驚訝得手裡的炒鍋都掉到地上。炒鍋裡的炒麵噴向我，彷彿因為我挖出一個大祕密而憤怒不已。我本來以為麵條會在地上拼出「驚慌」的形狀，正如眼前老爸臉上的表情。老爸的反應說明了一切：他知道朵拉是誰，而且我目前獲悉的一切都是真的。我不敢相信這個事實，頓時一個腿軟，連忙吃力的扶住廚房的門框。

一開始，老爸全身僵住不動，嘴角微微抽動，彷彿想要解釋些什麼，卻又不知道從何說起。然後，他做了一件這輩子從來沒有做過的事。

在餐廳生意正忙的尖峰時段，他一一關上瓦斯爐的爐火。原本滾燙的炒鍋在爐火熄滅時發出嘶嘶聲響，宛如對老爸的行為感到無比失望。

我一向喜歡看老爸做菜，因為那是他唯一生龍活虎的時刻，是他唯一真實存在的時刻，儘管不見得是他真正快樂的時刻。做菜的時候，老爸會變身為八爪章魚，一會兒拿菜刀，一會兒手持各種炒鍋，同時進行煎、煮、炒、炸等多項任務。就算一口氣接到多張訂單，老爸也依然老神在在，可以從容不迫的在廚具和鍋具之間來回走動，整個人氣魄十足。

但現在我只不過提到一個名字，老爸整個人就崩潰、瓦解了。他那雙可以在十五秒內切完洋蔥的手，此刻正不知所措的解開圍裙的綁繩，還因為過於緊張而無法鬆綁。

「查理，你從哪裡聽見這個名字？」老爸結結巴巴的問我。或許他希望我查問的是另外一位朵拉，一位與十四年謊言毫無關聯的朵拉。

「我今天下午在電話裡聽見的。有一個女人打電話來，她以為我是老媽，告訴我朵拉病得很嚴重。我聽了覺得很奇怪，因為我完全聽不懂對方在說些什麼！結果她口中所說的朵拉，竟然是老媽的妹妹。你能夠想像這種事嗎？」

老爸用中文說了一句話，我猜可能是髒話。希望那句中文不是他對整件事的說明，因為他不能光靠三言兩語就把我打發走。我突然好希望席納斯也在這裡，我剛才不該先騎「鋼鐵犀牛」送他回家。席納斯對於這個謎團也充滿好奇，從橡樹園回來的路上，他甚至完全沒有留意我們經過的每一道牆，反而不停推測老媽不讓我知悉朵拉存在的各種理由。儘管席納斯的分析十分詳細，但是他的猜測既不合理也不恰當：席納斯認為朵拉之前可能被外星人抓走，或者因為參與了某項極為機密的藥物實驗，結果不幸心神喪失。我不想理會席納斯想像的那些理由，因為它們都讓我感到相當不舒服，無論事實真相究竟為何。

我們再把焦點轉回到廚房吧。老爸緩緩走向我，他原本想把手搭在我的肩膀上，但是我生氣的甩開了他的手。我不希望老爸擁抱我，也不想要平靜下來，我只要老爸說出答案。我今天就要知道一切的真相，而且現在就要知道。

但是老爸不疾不徐，他先帶點歉意的請負責外送的工讀生離開一會兒，然後將掛在大門上的「營業中」告示牌翻面，改為「休息中」。他接著將餐廳電話的聽筒拿起來，然後要我到客廳去。

「我們到那邊坐下來談。」老爸對我說。突然間，我覺得他看起來就像朵拉一樣老。

我跟在他的身後走進客廳，一屁股坐到我們家的舊沙發上。老爸看起來有點緊張，在我身旁坐下。

「我們現在要進行的這番對話，其實我一直期待它的發生，但是我也害怕這一天的到來。」老爸嘆了一口氣，揉揉眼睛。我能感受到老爸此刻的煎熬。「我一直在腦子裡想像著，當你發現這件事時該如何向你說明。」

「所以呢？」

「我不知道該說什麼，也不曉得該如何說。你先告訴我，你現在知道多少？」

我整個人火冒三丈。此刻的感受比我想像中的更令人困惑、憤怒，也更讓我受傷。

「沒有多少，非常稀鬆平常，包括我有一個從來沒見過面的阿姨，包括她病得很嚴重，還包括我爸媽騙了我一輩子！」

老爸點點頭，看著我的眼睛。

「你知道的這些，都是真的。」

他的語調相當冷靜，冷靜得讓我無法忍受，因為我現在根本沉不住氣。

「好，你和老媽曾經打算告訴我這件事嗎？這一切都是你們計畫好的嗎？你們覺得我從一個陌生人口中聽到這個消息，會比你們親自告訴我來得更好嗎？我的意思是說，老媽的腦袋裡到底在想些什麼？」

「她是你的老媽。」老爸回答。這是我第一百萬次聽見他告訴我這個答案，但這次我完全無法接受。這個爛答案成為壓垮駱駝的最後一根稻草，儘管我不知道駱駝跟這件事有什麼關聯性，老爸的菜單上甚至沒有用駱駝烹煮的餐點。

淚水從我的眼眶滑落，但是這讓我感到更加憤怒。我今天應該要表現出生氣的樣子，而不是脆弱！

「這個答案不夠好。」我對著老爸大喊，「你真的覺得這句話可以說明一切？你真的覺得這個理由就可以解釋為什麼老媽，還有你，可以瞞著我這麼重要的事情？」

「這個答案當然不夠好。」老爸看起來好像也快要哭了，他的反應讓我有點擔心。開口多說幾句話，對老爸而言已經是非常難得的突破了，如果讓我看見老爸掉眼淚，我恐怕承受不起。拜託，老爸，千萬別哭啊！「但是我不知道應該從何說起，我不知道應該如何對你解釋這一切。」

我從沙發上跳起來，直接衝向門口。「好吧，那麼我就回醫院去，當面找老媽問清楚！」

「醫院？你已經見過朵拉了？」

「豈止見過而已！我們還聊了天，我們現在已經是好朋友了，下個星期還相約去打保齡球，以便熱絡彼此的關係呢！老媽和朵拉阿姨說話的時候，我就躲在朵拉阿姨的病床底下！」

老爸站了起來，領著我回到沙發坐下。

「你先等一下，查理。在你去衝去醫院惹你老媽難過之前，請你先等一等。」

「惹老媽難過？」我不滿的大聲喊著，「惹老媽難過？那麼有沒有人在乎我的感受？我的感受難道就不重要嗎？雖然我只有一點點不開心，但我還是希望有人可以顧慮一下我的心情！」

「我們當然在意你的感受，我現在只是不想把家裡的氣氛搞壞，並試著以最圓滿的方式讓這件事落幕。」

「最圓滿的方式，應該是你們在好幾年前就把朵拉的事情告訴我！最圓滿的方式，應該是對我誠實，把一切全都說出來，而不是編一大堆理由，假裝晚上去上插花課或雕塑課，故意不想讓我知道自己還有一位阿姨。我不認為你們這麼做是正確的！」

老爸看起來很傷心，彷彿我剛剛拿著炒鍋猛敲他的頭。此刻的局面肯定讓老爸相當棘手。

「我不知道還能說些什麼，兒子。」老爸嘆了一口氣。我相信他是真的手足無措，我真的相信。

「只要把真相告訴我就好，老爸。」我哀求他，「我只想要知道真相。給我真相，全部的真相。」

於是，老爸就把他所知道的一切，原原本本的告訴了我。

26

「朵拉在十三歲那年出了意外。」老爸嘆了一口氣。「當時你老媽也才十五歲。」

我的腦中浮現朵拉阿姨瘦小的身影，想起她整個人虛弱縮在椅子上的模樣。她的年紀看起來比老爸老媽還大，至少比他們老二十歲。

「你老媽和朵拉的感情非常好，一直以來都是如此。你的外公和外婆……他們是很奇怪的人，他們不太關心自己的孩子，所以你老媽和朵拉只好相依為命。你懂我的意思嗎？」

我不懂，但是這一點都不重要。我只希望老爸繼續說下去。

「你老媽和朵拉做什麼事情都在一起，因此兩個人都沒有太多朋友。不過她們也不覺得自己需要朋友，因為她們擁有彼此。」

我因為緊張，雙腿不停的踢著沙發，振動沙發上的我和老爸。

「老爸，我很高興她們兩姊妹的感情好，但是朵拉到底發生了什麼事？」

老爸緊張的咳了一聲，顯然不太想繼續說下去，卻又別無選擇。

「那是場意外，一場可能發生在任何人身上的意外。」

我用手轉轉圈，示意老爸趕快切入重點。

「你老媽和朵拉只能共用一輛腳踏車，因為你的外公外婆經濟能力不太好，沒辦法讓她們一人一輛。基於這個原因，你老媽總是讓朵拉坐在腳踏車的橫桿上，由她負責載著朵拉到處跑。」

我突然想起剛才席納斯塞在「鋼鐵犀牛」菜籃裡的蠢樣，頓時覺得有點不太舒服。或許我根本不應該追問意外的真相。

「有天早上，你老媽照舊騎著腳踏車載朵拉去上學。而且她們兩人又遲到了，一如往常，因為你的外公外婆從來不叫她們起床。你老媽飛快的騎著腳踏車，但由於朵拉坐在她的前面，她沒看見馬路上的坑洞。車子衝向那個坑洞後，車身失去平衡，她們兩個人都摔到地上。朵拉先著地，然後你老媽也跟著跌倒，壓在朵拉身上。」

我聞言後全身緊繃，腦子裡想像著那一幕的畫面。我不想要那個畫面出現在我的腦子裡，因為我知道接下來所發生的事情。

「你老媽幾乎沒事，只有手臂和雙腿微微擦傷，但是朵拉因為直接撞擊地面又沒戴安全帽，傷勢十分嚴重。在那個年代，大家騎腳踏車的時候還沒有戴安全帽的習慣。」

我的腦子裡又浮現出「鋼鐵犀牛」。老媽把這輛三輪車交給我的時候，心裡肯定非常緊張吧？老媽強烈要求我一定要戴安全帽，而且還在車身加裝螢光警示燈，種種行徑在這一刻突然變得合情合理。

「查理，朵拉陷入昏迷，而且昏迷了很久，大概長達好幾個月，就連醫生也不確定她會不會再醒過來。雖然她的腦子還在運作，但是醫生無法確定她腦部受創的程度到底有多嚴重。」

客廳裡的空氣彷彿凝結了，我的雙腿也不再繼續踢著沙發，我只是靜靜呼吸著從老爸衣服上飄出來的醬油氣味。

「意外發生後，老媽如何面對這種變故？」

「我那個時候還不認識你老媽。」老爸又嘆了一口氣。「所以我知道的一切，都是你老媽告訴我的。她極為自責，認為一切全是她的錯。她不應該騎腳踏車騎得那麼快，她應該要讓朵拉自己走路上學去，她應該要注意到馬路上有坑洞。總之，她把所有的責任都攬在自己身上，因此背負著非常沉重的罪惡感與壓力。」

「但是外公和外婆呢？他們沒有告訴老媽這不是她的錯嗎？」

老爸搖搖頭。「他們的個性都很奇怪，脾氣也都很硬。意外發生之後，他們才開始比較關心朵拉，卻把朵拉的意外都怪罪到你老媽頭上。他們其實可以好好安慰你老媽，讓她不要那麼自責，但是他們沒有這麼做。因為這個緣故，她也越來越相信是自己造成朵拉的不幸。」

「所以從那之後，朵拉阿姨就一直住在橡樹園裡？她在那裡已經住了超過二十年？」

「差不多吧。在你外公和外婆過世之前，朵拉是住在另外一家醫院，等到他們過世之後，你老媽決定搬家，並且讓朵拉換一間醫院。因為她偏執的認為鎮上的人都知道那場意外，每個人都暗暗責怪她害了朵拉。你老媽搬到這個與她老家距離甚遠的地方，只為了逃避她認識的每一個人。她把朵拉安頓在橡樹園，雖然她知道橡樹園很貴，將會耗盡你外公和外婆留下來的遺產，但是你老媽不在乎。你老媽搬到這個小鎮的幾個月之後，我才與她相識。」

「她在認識你的時候，就馬上告訴了你這一切嗎？」

「沒有。直到我向她求婚的那個晚上，她才告訴我這段過去。」

「這麼說，她也騙了你。」

老爸聽我這麼說，看起來有一點不高興。「不，她沒有騙我。她只是不知道應該怎麼把這件事告訴我。你應該體會一下老媽對這件事有多麼內疚。她的父母親一天到晚指責她、怪罪她，所以她認定一切的遺憾都是自己造成的。她擔心如果告訴我這件事情，我就會飛也似的離開她身邊。」

「但是你沒有離開她。」

「對，我當然沒有離開她，我接受她的一切。」

「那麼，她為什麼不告訴我呢？」

「查理，我問過你老媽非常多次，我也希望她向你坦承朵拉的事。如果我每問她一次就可以獲得十英鎊的獎賞，那麼我們早就已經是大富翁了，絕不誇張。你老媽的個性相當複雜，雖然她的確有點傲慢，但其實相當膽小，非常害怕別人對她指指點點。唯一能夠讓她安心的解決之道，就是不讓任何人知道這件事，包括你在內。」

「但是她應該知道，我總有一天會發現真相吧？」

「雖然這一點你和我都很清楚，她卻拒絕相信會有這麼一天。我向她保證過會保守這個祕密。儘管我知道不應該陪著她一起隱瞞這件事，但還是答應了她。」

我突然有一種奇怪的感覺，彷彿有人硬塞給我一大堆我不想知道的事實，一堆與我原本認知的世界相悖的事實。今天老爸對我說的這番話，大概是我這輩子聽他話說得最多的一次。我真希望他是和我聊一些別的事情，而非這樁不幸的過往。但無論如何，這次的親子對談證明了一件事：老媽錯了，老爸並非「拿炒鍋比說話在行」，而是「說話和拿炒鍋一樣在行」。

「那麼，我們現在應該怎麼辦？」我問老爸。我還是很生氣，同時也覺得難過。

「我也希望自己知道應該怎麼辦。」老爸嘆著氣說。

「等老媽回來之後，我要找她談一談這件事。」

「不，千萬不要這麼做。」老爸急忙阻止我，「不要急著今晚就逼問她。你應該先讓自己的情緒沉澱一下。」

「老爸，你該不會希望我瞞騙老媽我不知情吧？我不認為……」

「你放心，我也希望這個家不要再有任何謊言，我只是希望你再等一等，畢竟你老媽也需要一點時間。朵拉最近病情惡化，讓她心力交瘁，你可不可以先等朵拉的情況好轉一點再說？我會找你老媽談談這件事，我向你保證。」

「你真的會找她談？」

老爸用他粗糙且帶點燒焦傷痕的手拍拍自己的胸膛，臉上帶著微笑。

「當然。但是在此之前，我想要補償你。你不妨好好想一想，有沒有什麼事情是你希望我們為你做的？我是說，能讓你更快樂的事。兒子，只要是你想要的，我和你老媽都會盡量替你做到。」

我沒有特別想要的東西，只希望剛才聽見的故事是一場噩夢，但我也知道老爸沒有辦法扭轉已經發生的悲劇，所以我給了他一個擁抱。我感覺到老爸的身體微微顫抖，於是我又更用力的抱住他。

我放開老爸，謝謝他把這一切告訴我。我真的相當感激。

我不只感謝老爸告訴我這件事情的真相，也感謝他願意在我日後進行某項計畫時助我一臂之力。

27

學校棒透了。我好愛學校，我愛死和學校有關的一切。

在學校起碼比待在家中自在，因為我不知道該如何面對老媽，也不知道該怎麼與老媽相處。每當老媽出現在身旁，我就會手足無措，不知道該說些什麼或做些什麼，只有一種五味雜陳的強烈感受。我以前從來沒有想過，生氣、困惑、難過、羨慕和同情等各種感覺竟然可以同時產生。但是，我真的很不喜歡這樣，彷彿自己就像個空的可樂罐，被人一路亂踢，最後踢下樓梯。

幸好，老媽每天晚上還是忙著她的「進修課程」，完全沒有察覺到我不開心。她彷彿只關心朵拉阿姨，完全忘了我的存在。

自從我接到那通電話並跑去橡樹園與朵拉阿姨見面之後，至今已經過了兩個星期。根據老爸轉述，朵拉阿姨的病情並未好轉，每天還是會有抽搐的情況發生，因此醫生開始擔心她的心臟，他們不確定朵拉阿姨的心臟能不能承受這樣的負荷，也害怕朵拉阿姨可能因此中風。雖然我只有見過朵拉阿姨一面，但是看得出來她瘦弱的身體很難撐過這些無情的折磨。我盡量試著以正向思考的方式來面對這樁祕密：起碼我已經知道真相了，而且老爸也願意努力和老媽溝通。不過，我覺得老爸必須加快腳步才行，因為如果他的動作太慢，恐怕就來不及了。

由於家裡的氣氛變得相當詭異，所以我每天早上幾乎一起床就立刻出門上學去。在學校裡，雖然偶爾還是會有人把我抓去走羞恥之路，但我現在已經漸漸不在乎那些傢伙如何欺負我，因為比起老爸老媽刻意隱瞞朵拉阿姨的事，同學的霸凌根本不算什麼。

席納斯當然還是扮演著支撐我的力量，但是他好像也變得有點奇怪。你們是不是也覺得相當意外？一開始，我還以為是朵拉阿姨的事讓他飽受驚嚇，結果並非如此。總之，席納斯最近的某些行為舉止好像跟以往不太相同。

我發現他在學校裡開始跟其他同學交談，而且是正常的對話。別人說話時，他會用心傾聽；他說話的時候，別人也會專心聆聽他所說的內容。那些和他交談的同學當然也和我一樣驚訝，於是有些流言因此慢慢傳開，說席納斯接受了大腦移植手術，還說他是全英國首位接受這種手術的病人。席納斯聽見這個流言之後只是哈哈大笑，完全看不出難過或生氣的樣子，一丁點也沒有。

席納斯的筆記本依舊神祕，這雖然不讓人感到意外，但是席納斯已經不再將全副精力放在筆記本上了，他偶爾也會留意身旁的事物，走路的時候也變得抬頭挺胸，並且在與其他人擦身而過時點頭致意。

這一切讓我覺得好奇怪，好不一樣，而且好可怕。

不過，其實發生改變的並非只有席納斯，整個學校也變得不一樣了。學校裡有些東西正持續發生變化，而且所有人都注意到了。

學校裡出現各種塗鴉，只要有牆壁的地方，大家就會看見塗鴉。一開始是在中庭花園旁邊的牆面，上頭出現了一個大大的英文字母「Ｂ」；隔週，牆上的字母變成了「ＢＷ」；到了最後，又變成「ＢＷＢ」。

最令人感到奇怪的，是學校裡每面牆上的塗鴉內容都一樣，都是「ＢＷＢ」，但是以不同顏色、字體噴寫在每面牆上。由於這些塗鴉出現得太過頻繁，每個人都忍不住停下腳步，開始議論紛紛。

三個簡單的字母，竟然就這樣改變了每一面牆，學校的建築物因此看起來就像是心臟病發一樣。每個學生佇足於宛如謎團的塗鴉前，揚起眉毛表示欣賞與認同。

學校老師就不怎麼喜歡這些塗鴉了，他們召開一次臨時性的集會，希望全校師生一起面對面商討對策。

「這是破壞公物的行為！」校長皮區先生憤怒的表示，「是非常愚蠢的破壞行為。」

他呼籲幕後黑手「站出來接受制裁」，可是沒有人承認是自己做的。無論是誰做的，我相信全體同學一定會馬上起立，給予他熱烈的掌聲，畢竟這是英雄式的作為，而且已經引起全校轟動。

結果，當天牆壁上又出現了新的塗鴉：這次不再只有簡單的「ＢＷＢ」三個字母，還有其他更引人注意的東西。首先映入大家眼簾的，是大家都已經熟悉的三個字母——分別以綠色、紅色及藍色的噴漆寫出，而且每個字母都大約兩公尺高。

三個字母的左邊多出了一幅男生的輪廓畫。那個男生嘟著嘴巴，吹出一串小泡泡，飄浮在文字上方。小泡泡其實不會移動，但是創作者的塗鴉能力相當出色，每位學生走過這幅全新的塗鴉作品時，都覺得那些泡泡看起來就像是在陽光底下閃閃發亮，無比生動。

學生當然並非只是路過這幅新塗鴉的前方，每個人都停下了腳步，專注的欣賞它。我也不例外，我甚至深深迷上這幅作品，直到老師過來叫大家進教室上課，才依依不捨的將目光轉開。

不過，我下課時間又跑回來看它，中午用餐時間和放學之後也來到這面牆前仔細欣賞，腦子裡還不斷想像自己也能畫出如此出色的作品。

「看來你很喜歡這個塗鴉，是吧？」我背後有個聲音問我。

我轉過身，發現是席納斯。他看起相當得意，我猜他八成以為自己的鼻涕可以裝進瓶子裡出售，為他賺進一百萬英鎊。而且說不定他真的已經朝著這個目標努力了很久。

「這幅塗鴉作品太棒了。」我回答他，「這是我見過最酷的作品，那些人一定花了很長的時間來完成。」

「那個人，不是那些人。」席納斯輕嘆了一口氣。

「啥？」

「不是那些人，是那個人。這是一個人完成的。」他自豪的說，「事實上，這是我畫的。」

由於我太專注看著牆上的塗鴉，一開始沒有聽懂他所說的話，後來我的大腦終於理解了剛才收到的訊息。

「你說啥？」我又問了一次，呈現出一種席納斯式的茫然。「你剛剛說什麼？」

「我說，我這位藝術大師是自己一個人完成的。我向來獨立創作，如果讓其他人插手，只會破壞了我的傑作。」

「你的傑作？」

他瞥視我一眼，彷彿說著「聽不懂嗎？你這個大白痴。」這下子我終於聽懂了，因為所有的證據已經拼湊出完整的解答。簡單來說就是：這些塗鴉的幕後黑手就是席納斯。

席納斯對磚牆的瘋狂迷戀，還有他總是不停在筆記本裡塗塗寫寫……現在看起來，一切都變得相當合理了，呃，大致上合理啦。因為我還是有點無法相信，我的好朋友，這位既白痴又奇怪的好朋友，竟然如此才華洋溢！但是為什麼他一直沒告訴我呢？

我興奮的撲向他，擁抱他，本來還想將他高高舉起，但是舉不起來。從遠處觀看我的表現，應該很像是噴射客機打算重新起飛卻宣告失敗。

「放開我，拜託。」席納斯臉紅了，「雖然我希望用這些塗鴉受大家歡迎，但是我對你可沒興趣！」

「你為什麼沒告訴我？」我問席納斯，「你為什麼隱藏這麼了不起的才華？」

席納斯聳聳肩，試著再次裝酷，但是他的嘴巴早已因為得意而高高翹起，掩藏不住滿心喜悅。

「我不是告訴過你嗎？等我準備好了，就會讓大家知道，對不對？而且我一定會讓你大吃一驚。」

「好吧，你確實讓我大吃一驚！但是你不怕被皮區先生發現嗎？那個『BWB』代表什麼意思啊？你為什麼要在每個地方寫下這三個字母？」

「我一點都不怕皮區先生。」席納斯以吹牛的口吻說，「再說，為了要幫助某個陷入絕望的朋友，我才不在乎皮區先生。」

我突然覺得有點洩氣。席納斯之前還因為我太想交新朋友而不留情面的取笑我，結果他還不是企圖以塗鴉來搏取別人的好感。而且，就我對席納斯的了解，說不定對方是個女孩子。

「那個朋友是誰？」我盡量不讓席納斯聽出我心裡的受傷。

「你到底有沒有仔細看我的作品啊？」席納斯笑了出來，將我的頭扭向牆壁上的塗鴉。

「我當然看過了啊，幾乎看了一整天。」

「結果你還看不出其中的道理？」

「我當然看得出來，你畫了一個男生，還畫了泡泡，很多泡泡。」

「在你認識的人當中，哪個傢伙最近發生了和泡泡有關的事？」

我一開始還不明就裡的看著席納斯，他也回看著我。於是我努力的想，用力的想，然後……

轟！我腦袋瓜裡的燈終於被點亮了。

我知道答案了，我知道席納斯說的那個人是誰了。答案就是我。他說的那個人就是我。他說的那個傢伙肯定就是我，因為我之前才被足以塞滿超大型按摩浴缸的泡泡紙包住。

「你是為我畫的？你為什麼要這麼做？我不懂耶，席納斯。」

我猜席納斯原本打算用尤達大師的語調來回答，但是他的聲音聽起來卻像是他的老祖母吸了氦氣。「你問太多問題了，反正時間會給你答案，你只要相信席納斯就對了。」

我耐不住性子，直接給了他一拳。「你這個白痴，用正常的方式說話啦。」

他也回了我一拳，但至少他說話的方式變正常了。「喂！不准隨便傷害藝術家！」他不滿的哼了一聲。「而且你是我創作的靈感，這些作品都是為你而畫的。」

「這只是你的說法，我根本不懂你想表達的到底是什麼？」我已經困惑到幾乎快要爆炸了。

「這叫做泡泡紙任務，伙伴。等我任務完成時，你就會變得和我一樣酷了。」

如果席納斯是在十分鐘前說這句話，他大概只會讓我感到相當失望，彷彿具有毀滅性的重擊。但是現在，在席納斯新才華的幫助下，結果會不會不一樣呢？

也許。只是也許，我可以信賴席納斯的幫忙。

28

「坦白說，你現在是全校的笑柄。」席納斯開始解釋這項的任務內容，他頭一句話就衝著我來。不過這聽起來不像是什麼任務，起碼沒有什麼實質意義。

「但是我們可以扭轉局勢。」席納斯繼續說著。

很好，這句話聽起來比較像樣一點。

席納斯從口袋裡拿出一張破破爛爛的活頁紙，那張紙看起來像是已經放在他口袋裡好幾個星期，還被洗衣機洗過三次左右。

「你應該看過這個吧？」

「我不確定，那是什麼？我最近實在看過太多東西了，多到連我自己都感到奇怪。不過，我通常都是用眼睛來看東西，所以如果你不攤開那玩意兒，我的眼睛就看不到。」

席納斯攤開那張活頁紙。我撐大眼睛想要辨識紙上的文字，但是字全擠成一堆又歪七扭八，看起來像是古老的梵文，也可能是某人酒醉之後寫下的胡言亂語。

「這到底是什麼東西？」我問席納斯，歪著頭試著解讀內容。「這是某種神聖的經文嗎？不過我可不太相信那些怪力亂神。」

席納斯不耐煩的用那張紙打了我一下。「虧你敢說我每天放空！你到底有沒有注意過學校的布告欄？你不知道六個星期之後有什麼重大事件嗎？」

我聳聳肩。被那些人捉弄之後，我現在大部分時間都只盯著地板瞧。

「這件事可以讓你翻身，查理，它可以讓你得到救贖。你之前辛苦建立起來的酷樣，可以藉著這個機會重新打造。這就是所謂的『ＢＷＢ』，我在每一面牆上用噴漆寫下這三個字母，就是在替你宣傳。」

我還是不太明白。席納斯的話聽起來像是非洲的斯華西里語，我完全無法理解。

「我說的是『滑板節』啦，你這個大白痴，專門為玩滑板的人舉辦的比賽！比賽項目包括各種花招以及在滑板平台上的競賽。活動的所有費用都由某家滑板公司贊助。」

「在哪裡舉行？」我仔細研究那張公告的內容，依舊什麼都看不懂。

「在『倫敦眼』摩天輪上舉行，你這個蠢蛋！你覺得會在哪裡舉行？當然是在滑板公園裡舉行啊！『滑板節』會進行一整天，當天還有適合全家大小參與的活動，包括園遊會、煙火表演等，應有盡有。」

現在我終於聽懂席納斯在說些什麼，但是我不明白這個活動要如何幫我翻身。我現在已經沒有滑板可用，而且就算有滑板，老媽盯得那麼緊，我也沒辦法參加比賽。另外，還有一件阻撓我參加比賽的小事：上次在滑板公園，我被所有的滑板同好羞辱了一頓，現在已經沒有勇氣再走進公園。

我想提醒席納斯上述種種考量，但是他不以為意的揮揮手。

「那些都只是雞毛蒜皮的小事。」他嗤之以鼻，「而且就第一點來說——其實你已經有滑板了。那些傢伙在把你包成木乃伊的那天，不是送了你一個滑板嗎？」

「那個滑板根本是垃圾！」我抗議。

「就算是垃圾，我們也可以改良它。你有存款，可以拿來用！第二點——你老媽最近被朵拉阿姨的事情忙得焦頭爛額，我想，就算你現在騎大象去送外賣，她大概也不會注意到。此外，你老爸不是答應過你，只要能讓你快樂，他什麼都願意做。同學，你老爸這句話簡直就像是一張萬能通行證，我不懂你怎麼還沒有讓他買各種遊戲光碟給你玩，真搞不懂你耶。總而言之，你可以好好利用你老爸，並且要他替你保守祕密，瞞住你老媽，反正他之前也替你老媽保守祕密瞞著你……」

席納斯說得沒錯。雖然利用老爸的感覺很怪，但那是他自己答應過的。

席納斯的話還沒說完。「關於第三點，雖然那些傢伙曾經在滑板平台那兒欺負過你，但是他們欺負你的原因並不是出於你玩滑板玩得不夠好，而是因為你老媽跑到那裡說些奇怪的話。你玩滑板玩得很好——儘管我不願意承認，但是你真的玩得很好。就算你現在被大家戲稱為『泡泡紙男孩』，但比以前的外號好聽多了。而且你可以改變這個外號，讓這個外號變得很酷，變成一個值得引以為傲的外號。」

我環顧四周可見的牆壁，每面牆上都有席納斯的藝術作品。他畫得真的很棒，但我還是無法確定他說得到底對不對。

「席納斯，我不確定你說的話有沒有道理，因為聽起來太不真實了。如果我又重回滑板公園，那些人真的不會笑我嗎？而且我老媽那邊也不一定能過關。如果這個『滑板節』真如你所說的這麼盛大，到時候我老媽一定也會看見相關的宣傳海報。假如讓她知道了這個活動，她鐵定又會變得疑神疑鬼，你又不是不清楚她是什麼樣的個性。」

席納斯以一種凶惡的眼神看著我。「我真不敢相信你會說這些話。之前你還在我面前說大話，說我為什麼不表現我的專長給大家看，結果你現在卻這麼畏縮，拚命找一大堆理由，就是不願意去做你真正喜歡的事情！」

「我的情況又和你不一樣！」

「對，反正你的情況不一樣，你說得對。」席納斯轉過身，作勢準備離開。「因為你老是覺得自己比我優秀，你一向這麼認為。但是讓我告訴你一件事，韓查理，我會繼續在牆上塗鴉，但我的動機並非希望大家因此喜歡我，而是因為這麼做才能夠讓大家知道，其實這麼多年來，我根本不屑他們。」

天哪，席納斯是認真的。他突然表現出一決死戰的精神，那是我從來沒有在他身上見過的。

「除此之外……如果我能夠靠著這些塗鴉賺到一個女朋友，那就更好了！你知道，我很想交個女朋友。」

哈！這個比較像是席納斯真正的動機。

「相信我，查理，等到我完成這項任務時，『泡泡紙男孩』將會是全校最流行的話題。如果你不想藉著這個機會翻身，我也不勉強你，你自己決定。不過我還是要告訴你，你這輩子不會再有這麼好的機會了。請你考慮考慮，好嗎？」

席納斯隨興的拍拍我的肩膀，繼續去尋找可以讓他作畫的新牆面，留下我獨自一人，以及等待我釐清的千頭萬緒。

29

我不知道應該怎麼做才好。

席納斯的計畫相當龐大，不僅令我興奮不已，也可能讓我的人生就此轉變。但它同時也充滿風險，尤其必須考量到老媽。我最近還是盡量避免與老媽相處，也處處留意她的各種表情，以探知老爸是不是已經告訴她我發現朵拉阿姨的存在。但老媽還是一如往常，顯得冷淡又煩躁，總是心不在焉又憂心忡忡。

在家裡充滿祕密的氣氛下，我是不是應該大膽參與席納斯的計畫呢？我試著再次詢問老爸關於朵拉阿姨的近況，但是沒有任何新的進展。

「老爸，你什麼時候才要告訴老媽，我已經知道朵拉阿姨的事情？」我問老爸。

老爸每次都以不同答案回答我。

「等朵拉的病情好一些再說。」

「等醫療團隊評估過朵拉的情況再說。」

「等太陽打西邊出來再說。」

「等我們家的餐廳得到米其林的星級認證再說。」

好啦，最後兩個答案是我自己誇大亂掰的，但我覺得老爸總是有不同的理由推託，就是不肯找老媽說出一切。在苦等了兩個星期之後，我決定如果老爸再不告訴老媽我已經知道所有真相，我就要參與席納斯的計畫了。

而且我還會拖老爸下水，讓他成為這個祕密計畫的共犯。

我趁老媽出去的時候（她應該是去醫院探望朵拉）找老爸談了一下。餐廳的下午茶時間剛結束，老爸在擦桌子，他把每張桌面都擦得像鏡子般閃閃發亮。

「你說過會幫我。」我故意立刻切入正題，以免自己又三心二意。

「什麼？」老爸看起來像是被我嚇了一跳。

「你說過，無論我想要什麼，無論任何事情，你都會幫我做到，你還記得嗎？」

「我記得。」老爸還沒聽見我開口要求些什麼，就已經相當緊張了。

「我想要繼續玩滑板。」直到我聽到自己大聲說出這句話，我才真正意識到自己的決心。我真的很想繼續玩滑板，想到心臟都痛了。

「你想繼續玩滑板，是嗎？」老爸的語氣聽不出贊成或反對。

「非常想，我只想做這件事。接下來會有一場滑板比賽，所以我需要你幫我一個忙。老爸，我需要你幫我，讓我繼續玩滑板。」

老爸的表情彷彿是我要求他從英國女王的頭上偷走皇冠。

「查理，我完全不會玩滑板。」

「不是要你訓練我，你只需要掩護我。如果老媽問我跑到哪裡去了，你要替我隱瞞，別讓老媽發現。」

老爸用力搖頭，搖到他整顆頭看起來都變模糊了。

「我不能這麼做，伙伴。你很清楚你老媽對滑板運動的看法。如果讓她發現我幫著你騙她，她會把我剁碎在砧板上！」

「可是你答應過我的，老爸，你說過你願意做任何事情。」

「除了這件事之外，其他的我都願意做。」

我早就有被老爸拒絕的備案，但是不想走到那一步。所以我只好讓老爸相信，如果他不肯答應，我就會搬出備案搬來。

「既然你不肯幫忙，那麼我就自己去徵求老媽的同意。」我聳聳肩，裝出一副完全不在乎的模樣。「不過在此之前，我會先問問她朵拉阿姨的事。」

老爸當場嚇得臉色發白。

「你這招太陰險了，兒子。」

「這樣就算陰險嗎？比你們騙我十幾年還陰險嗎？我又不是家裡唯一一個打算保有祕密的人，對不對？和你們兩人相比，我根本還只是個新手。」

老爸沒有反駁，他無話可說。

「你要我怎麼做？」

我望向窗外的天空，預估天色還要一個小時才會轉暗。

「目前還沒，但是我需要你今天讓餐廳提早打烊。」

「我不能這麼做，查理……」

「不要拖到晚上九點才關門，反正今天是星期二，星期二晚上不會有那麼多客人想吃我們家的菜。我不是故意要惹你，純粹只是就事論事。」

「我想，等我知道你要我做什麼事之後，我應該會更生氣吧？」

「所以你願意幫我嗎？」

「今天可以，但如果還有下一次，你必須提早告訴我。這樣我才有時間找人頂替我在廚房的工作。」

「謝謝你，老爸。」我笑了出來。「還有，你最好先準備好車鑰匙。等到天一黑，我們就要馬上出發喔。」

車子的大燈非常有用，車大燈打開之後，整座滑板平台都被照亮了。老爸可以把車子停在滑板公園旁邊，完全沒有問題，因為這些年來常有情侶開車來這邊談情說愛。老爸的任務相當輕鬆，他只要把車子開到公園的欄杆旁，然後打開車子的大燈，就這麼簡單。

但是老爸並不樂意幫我這個忙。一開始，他坐在駕駛座上，雙手緊緊握著方向盤，緊到他的手指關節慢慢變白，後來又轉為藍色。過了幾分鐘之後，老爸自己也覺得難受，於是他下了車，走到滑板平台旁邊來陪我。

「拜託你，看在老天的分上，千萬不要摔傷了。」老爸近乎哀求的說。「可以嗎？」

「我沒有辦法保證耶。」我露齒而笑，說出其他滑板男孩教我的經典名言，「畢竟，玩滑板的樂趣，有一半來自於摔跤。」

「如果你老媽發現這件事，她一定會殺死我的。」

「那你可真的是左右為難啊，因為如果你不幫我這個忙，我就會去向老媽打小報告。」如果我覺得老爸確實比較怕我，我一定會問他最害怕的人是誰。但是我們都心知肚明，答案是老媽而不是我。

老爸也和我一起笑了出來。「當老爸真是不容易啊？是不是？因為要面對這麼多困難的考驗……」我說。

「你覺得呢？」

我沒有回答老爸的問題，反而用力踏踏腳下的滑板，往前一推。當我腳下的滑板開始滑動的那瞬間，我感到無比暢快。我幾乎忘了這種感受有多麼美妙，簡直就像回家般自在舒暢。

這個滑板顯然比不上我之前的那個舊滑板。雖然我已經修改過那些傢伙送給我的破木板，但輪子還是沒有辦法滾得很迅速。儘管如此，此刻有滑板可以使用，已經讓我覺得夠開心的了。

等我把老爸完全拉進這個計畫之後，或許我可以說服他，請他告訴我之前那個滑板的下落。如果他知道的話。

我先繞著公園滑了幾圈。車子的大燈照著我，在路面上投射出模樣怪異的影子。一開始，我先在廢棄的戲水池中以緩慢的速度練習上下的動作，好讓自己漸漸恢復信心。大約二十分鐘後才開始加速，感受氣流在滑板與地面之間發出的呼嘯聲。

起初我還以為是自己太激動了，所以不自覺的發出驚呼聲和喘息聲，後來我才意識到發出那些聲音的人其實不是我，而是老爸。他被眼前的畫面嚇壞了，忍不住驚呼連連。

「你千萬要小心啊！」我滑上斜坡時，老爸哀求道。他甚至以一種非常滑稽的方式站立，彷彿他也踩在滑板上，模仿我半蹲姿勢。於是我告訴他，他這個樣子看起來很可笑。

「嘿，老爸！」當我的雙腿終於感覺疲累時，我對著他投以一個笑容。「你要不要也來試試看？」

「別開玩笑了，查理。」

「來試試看嘛。我相信我一定是遺傳到某人，才會對滑板充滿了熱情。也許是來自你的基因喔，只是你自己還不知道而已。」

我不覺得老爸會馬上屈服，但是我不想這麼快就放過他，我要慢慢引誘他成為這個計畫的一分子，就從現在開始。所以，我又花了十分鐘，先以開玩笑的方式半哄半騙，最後又以冷酷強硬的方式威脅他，終於強迫他忐忑不安的站上滑板。他雙手環抱著我，由我負責支撐他的平衡。

「下一步要怎麼做？」

「你應該知道啊，不是嗎？」我笑了出來。「你想想看，應該怎麼做才會讓滑板開始移動。你站在滑板上，一隻腳推動滑板，就可以讓滑板前進。」

我當然知道沒那麼簡單，我自己曾經全身瘀青長達好幾個星期，就可以證明這一點。但是我還不想馬上與老爸分享玩滑板的訣竅，相反的，我看好戲似的看著他蹣跚搖晃，雙臂瘋狂揮舞，就像我當初一樣糗。但是後來我還是扶著他，幫助他慢慢往前滑溜。

「速度太、太快了！」老爸一開始還緊張的大叫，但是過了一會兒，他變得比較放鬆，還能在放膽摔跤前露出短暫的一笑。

我也笑了出來。我早就已經不記得，老爸上一次在廚藝受誇以外的場合露出笑容是多久以前的事情了，因為這一類的記憶實在不太多。我希望老爸也能和我一樣珍視此刻的歡愉，即使明天早上他可能無法相信自己身上怎麼會多出那麼多瘀傷。

我又折磨了老爸好一會兒，時間久到他開始擔心車子的電池會耗盡。這是一個喊停的好理由，畢竟這是我們父子倆頭一次一起偷偷玩滑板，還是要拿捏好分寸，不要累垮了自己。

「今晚謝謝你，老爸。」我說，一邊將他從柏油路面上攙扶起來。今晚老爸已經摔了不下二十次。「多虧有你幫忙，我今天晚上才能好好練習。」

「今晚的一切、每件事都讓我相當緊張，查理。」

「我知道你的感覺。我自己也很緊張，但這也是我要繼續玩滑板的原因。人總不能永遠當個膽小鬼，對不對？」

老爸抬起頭看了看滑板平台。「我很高興你今晚沒有爬到那個東西上面。」滑板平台高高聳立於我和老爸面前，它彷彿對著我眨眨眼，故意挑釁我不敢再次登上它。我突然想起上次挑戰滑板平台之後發生的事，不禁打了一個寒顫。

「我也很高興自己今天晚上沒有爬上去，因為我還不確定你和我能否馬上面對那麼強烈的刺激。」

老爸鬆了一口氣，大聲的吐息。

「我們下一次再來，好不好？」我對著老爸眨眨眼睛。

老爸莫可奈何的點頭。他心裡也很清楚，有一就會有二。

「我已經等不及下次再來玩玩囉。」老爸說著，拉我過去緊緊擁抱，然後才叫我上車。

30

我知道自己應該要更快樂一點才對，因為我並不想成為不知感恩的爛人。我有個好朋友想幫助我重返闊別已久的滑板舞台，還有個好老爸願意滿足各種不合理的要求。

但是我無法感覺到真正的快樂，此刻的一切反而只讓我覺得……無法忍受，包括席納斯的計畫，包括我必須偷偷摸摸練習滑板，當然，也包括我依舊活在史上最大謊言裡這件事。

但幸好我還可以玩滑板，才沒有發瘋。

你們知道嗎？只有站上滑板，我的腦子才真正可以放鬆，讓我忘記與老媽在滑板平台旁大吵的畫面，也讓我忘記朵拉阿姨纖細瘦弱的身子縮在椅子上的模樣。

但只要我收起滑板，一切又變得不同了。我的頭腦裡會立刻塞滿各種不同的情緒：罪惡感、憤怒，甚至還有害怕失去重要事物的不安，因為我曾經被剝奪玩滑板的權利。

此刻的感覺，就像是我所知悉的各種事物全被拋到空中，而我只能像個無頭蒼蠅四處亂跑，不停躲避那些掉落在我身旁的銳利謊言。

由於謊言的真相讓我心煩意亂，以至於我在學校時只顧著低頭看地面，然後一再笨拙的犯錯。每當我又搞砸的時候，學校裡的土狼就會圍上來。

我現在根本不在乎羞恥之路到底有多長，而且被他們踢中的小腿過了幾分鐘之後也不痛了——因為肉體的疼痛再怎麼增加，也比不上老媽在我心裡造成的痛。

只要待在老媽身旁，我心裡的困惑就會不斷滋長。雖然我已經答應老爸要多給他一點時間，但是要我假裝什麼事都沒發生似的面對老媽，簡直是天方夜譚，畢竟我不像她那麼會騙人。

「妳今天晚上也要上課嗎？」我發現自己經常忍不住問老媽很多問題，儘管我知道她給我的答案都是假的。我這麼做並不是期待老媽會突然告訴我真相，只是希望透過這樣的行為來提醒自己，我有多麼生她的氣。

「喔，是啊。」老媽一臉平靜的回答我。

我觀察著她的表情，想看看她有沒有一絲絲露出馬腳的跡象，例如緊張的眨眼睛、揉耳朵，或者在漫天扯謊時不自然的咳嗽，但是完全沒有，甚至連一秒鐘都沒有。

我忍不住懷疑，老媽會不會還有別的事情沒告訴我？我們家的木頭地板底下是不是藏有屍體？或許那裡藏著外公和外婆的屍體，也許外公外婆不小心惹老媽生氣，她就用一雙筷子取走了他們的性命。

好啦好啦，我知道我又在說傻話了，但是這些胡思亂想的念頭足以證明我的腦袋真的快要爆炸了。

我想老媽也發現了我的反常。

「查理，那麼你呢？今天要忙些什麼？」

我停頓了片刻，不敢誠實的告訴老媽我的計畫。儘管我非常想要告訴她我打算去玩滑板，但這樣一來，我和老媽就會大吵一架，不過我就可以順水推舟，當面逼她告訴我全部的真相。

「你們還要吃吐司嗎？」老爸故意打斷我和老媽的對話。他的眼睛睜得大大的，以一種既像懇求又像恐嚇的眼神盯著我看。他看得出來我快要忍不住了，而且他也知道，如果我逼老媽說出真相，他就必須負責收拾殘局。

我很高興老爸明白我的感受，他知道我並不想讓他占上風，刻意忽略他遲早都得向老媽坦承的事實。老爸心知肚明，假如他不快點找老媽談談，在無計可施的情況下，我就會自己跳出來說。

「我和查理今天要一起去辦點事情，不是嗎？」老爸說。

「這樣真不錯。」老媽回答，她看起來像是真心這麼認為。

「老媽，妳這門課程占用妳好多時間喔。」我故意嚇嚇老媽，想逼她再多說一些謊言。「它到底什麼時候才會結束啊？」

「喔，還要好久。幾個月之後才要舉行成果測驗。」

聽了老媽的回答之後，我覺得怒火中燒，老爸連忙將手溫柔的放在我的肩膀上。

然而，當老媽從椅子上站起來的時候，我看見她的眼眶裡噙著淚水。我盯著老媽看，她也發現了我的目光，連忙假裝打了一個哈欠，以疲態掩飾淚水。

老媽罕見的暴露出自己脆弱的一面。如果此時我繼續窮追猛打，甚至直接告訴她我什麼都知道了，相信她也不會否認，因為她根本無法否認。

一想到我馬上就可以逼老媽說出一切，讓我的心狂跳不已。但是當腦子想好該說些什麼、並且話即將脫口而出時，老媽又轉過身去，讓我看見第二滴眼淚從她的眼眶流出，滑落在她的臉頰上。老媽甚至沒打算擦掉那滴眼淚。

在那一瞬間，我所有的勇氣、所有的衝動，全都消失了。我變得和老媽一樣脆弱，只能默默噤下有如保齡球般沉重的真相，眼睜睜看著她拿著包包和外套走出去。

門關上之後，老爸大聲的嘆了一口氣，他看起來就像老媽一樣情緒低落。

「多謝你了，乖兒子。」

「不然你要我還能怎麼辦？」

我不知道自己還能不能再面對一次這種場面，還能不能再承受老媽更多謊言。如果老媽的謊言都如此沉重，我想我恐怕吃不消。

後來我並沒有和老爸共度一整天，我讓他獨自去面對一塊超大的肉塊，大到簡直像是來自一頭熊。我讓老爸把心裡的挫折感通通發洩到那塊肉上，我自己則把偷藏在樹叢後方的滑板挖出來。現在我已經不在乎是否有人發現我把滑板藏在這裡。

我把滑板丟到地上，一腳踩上去，用力一推，頓時覺得滿腔的焦慮全部往後飄走。滑板帶著我從小徑躍上柏油路面，與我擦肩而過的路人身影一個個變得模糊，而我心裡的希望，也隨著滑板充滿活力的彈跳著。我的心情又變好了，我覺得自己整個人再度復活，情緒也完全平靜下來。

我不知道自己要往哪裡去，或者說，我以為自己不知道。假如你們發現我就這樣一路滑到小鎮的另一頭，應該也不需要太過驚訝。我的左腳就這樣不停的推啊推，引領我帶到一道鐵門前方，鐵門上標示著三個大字：橡樹園。我氣喘吁吁的倚靠在鐵門上小憩，眼睛看看地面，然後又望向位於不遠處的那棟建築物。

我當然不可能忘掉朵拉阿姨，但是最近發生了那麼多事情，讓我無法抽空過來探望她。朵拉阿姨的身影還是經常出現在我腦海中，除了她和老媽的相似之處外，我也經常想起她與老媽不一樣的地方：朵拉阿姨纖瘦柔弱的模樣，與老媽強悍且咄咄逼人的氣勢完全不同。

其實我很想早點回來探望朵拉阿姨，說不定她能告訴我一些我不知道的祕密，畢竟她看起來和老媽溝通無礙。但是我又想起醫院的重重關卡，加上接待處的小姐與許多醫護人員把關，我根本不可能直接大搖大擺走進橡樹園看她。少了有如鋼鐵人一般的席納斯來幫我，我獨自一人肯定無法再來探望朵拉阿姨。

然而，陽光突然照射在我身上。事實上，陽光灑落在我周圍的一切，將橡樹園的庭院慢慢烤得炙熱。我發現在一棵特別高大的橡樹旁，有個地方閃爍著格外刺眼的光芒。那是一把輪椅，輪椅上還有一個又皺又小的人。我馬上就認出那個人正是朵拉阿姨。

我環顧朵拉阿姨的四周，發現有個身穿深藍色襯衫和長褲的男人正準備走開。

我仔細留意庭院的每個角落，因為我知道老媽可能隨時會出現，現在絕對不是探望朵拉阿姨的好時機。

但不知道是什麼原因，才過了幾秒鐘的光景，我發現自己已經抬頭挺胸的溜著滑板，越過醫院草坪朝著朵拉阿姨的方向前去。我的姿態比平時溜滑板的樣子還要英氣風發，或許我是真的什麼都不在乎了，也或許我希望老媽發現我來探望朵拉阿姨，被迫把一切攤在陽光下說明白，將真相原原本本的告訴我。

當我抵達朵拉阿姨身旁時，那個穿著深藍色襯衫的傢伙也正好走出我的視線之外。但是當我回頭想確認周圍有沒有其他人的時候，竟然不小心被朵拉阿姨的輪椅絆倒。

更糟糕的是，我這麼一摔就吵醒了朵拉阿姨。她猛然睜開雙眼，發出有如死亡女妖般的嚎叫。我跌向朵拉阿姨腿上，但為了避免壓傷她，我急忙一個轉身，整個人摔倒在草地上。

難道我的下場就是這樣嗎？壓死素昧平生的阿姨而被捕入獄。老天！為什麼我的腳只要一離開滑板，馬上就會變得笨拙不已？

我蜷縮著身體躺在草地上，直到我聽見某個聲音，各種感官的功能才慢慢恢復過來。

那個聲音不是因為疼痛或痛苦而發出的喊叫，而是一種沙啞低沉的聲音，類似伴隨打雷時的那種隆隆聲。我從草地上抬頭一看，坐在輪椅上的朵拉阿姨正以奇怪的姿勢歪著頭，但是她的眼睛卻靈活的看著我，而且還張著嘴巴大笑。她的笑聲經由樹木的反射，越過我直接往醫院的建築物傳去。

這個畫面看起來一定相當可笑：我躺在茂盛的草皮上喘著氣，滑板上下顛倒躺在朵拉阿姨的大腿上，輪子還轉個不停。別人可能會覺得朵拉阿姨大概比我還會玩滑板。

我轉頭看向建築物，沒有人往這邊走來。我還有一點時間，但是我不知道自己到底想問朵拉阿姨什麼問題，也不知道自己能夠得到什麼樣的答案。

顯然我只能盲目的亂問。雖然我沒有什麼專長，但是亂問問題我還算拿手。

「朵兒阿姨，妳好嗎？」我臉上帶著微笑，一面拉拉背，伸展一下身體。「妳還記得我嗎？」

朵拉阿姨先瞇起了眼睛，專注的看著我，然後對著我露出微笑。

我不確定自己是不是看錯了，但是我發誓：我看見她點點頭。總之，從她的眼神中，我確信她知道我是誰。

今天跑一趟橡樹園果然是正確的決定，留下來多待一會兒也是正確的決定！就算我因此被別人發現，也覺得無所謂。

因為朵拉阿姨希望我留在這裡陪陪她。

31

我坐在滑板上，在朵拉阿姨身旁待了將近一個小時的時間。我和她說話的方式彷彿她是我的心理治療師，而不是我失散多年的親人。

朵拉阿姨並沒有提供我太多解答，但是我知道她確實在聽我說話。她的眼睛從頭到尾都看著我的雙眼，一秒鐘都沒有移開。

「我不明白的是，老爸和老媽為什麼要瞞著我這件事情？」我一開始就沒頭沒腦的問，口氣有點急促。「我的意思是，我已經不是小孩子了，我又不會因為聽見妳的遭遇就整個人崩潰失魂。至於老媽因為這場意外而相當自責……呃……妳知道的，我認為根本是很爛的理由，對不對？我怎麼可能相信老媽故意想傷害妳。」

我停頓了一會兒，讓腦中的思緒跟上嘴巴說話的速度。我不確定自己是不是說得太多了，也不確定朵拉阿姨能不能聽懂我說的一切。

「朵拉阿姨，妳知道那是一場意外，對不對？」

我目不轉睛的看著朵拉阿姨，希望能看見她有所回應，但是朵拉阿姨除了會不定時的抽動身體和全身顫抖之外，看不出有任何特殊的反應。不過她的眼睛自始至終看著我，既真誠又專注。如果說眼睛也會笑，朵拉阿姨的雙眼可說是笑得非常燦爛。

「我希望妳相信我剛才所說的話。」我急忙補充，「我是真的不知道妳住在這個地方。我不希望妳誤會我是因為覺得丟臉，才假裝不知道妳的存在。對我而言，妳生病的事情並不會造成我的困擾。如果我早知道妳住在這裡，一定至少每個星期都會來看妳一次。妳會相信我吧？對不對？」

朵拉阿姨的左腿突然從輪椅踏板上抬起來，踢中到我膝蓋的下方某個瘀傷快要痊癒的傷口。我努力表現鎮定，眉頭皺都不皺一下。比起朵拉阿姨遭受的折磨，這點小小的疼痛根本不算什麼。朵拉阿姨的臉上這時突然露出一種傻呼呼的笑容，笑得相當開心，開心到令人難以想像。看見她這麼愉快的模樣，更讓我不好意思因疼痛而發出哀嚎。

「那我就把妳的笑容當成是肯定的答案囉。」聽見朵拉阿姨這種發自心底的笑聲，我立刻對她這麼說。

從那一刻開始，我就比較不那麼緊張害羞了。我開始天馬行空的隨意亂聊，並且提到老媽對我的過度保護。

「妳知道嗎，我真希望自己當時也在場，我是說意外發生的那一天。我知道這麼說實在相當愚蠢，但是我真心如此希望。因為，如果有人目睹了那場意外的發生，目擊者就可以告訴老媽，這一切並不是她的錯，妳們只是運氣差。老爸說，現在的問題是，因為老媽已經自責太久，所以她的腦子只要一想到這件事情，就會更加強化她的自責，彷彿她是個殺人凶手。我了解那種心理因素的影響。」

朵拉阿姨又發出一次長而淒厲的呻吟，身體的左側開始激烈抽搐。

「妳不要激動。我敢肯定，妳一定也不斷嘗試告訴老媽不是她的錯，而且妳們兩人一定經常為了這件事起爭執，對不對？如果妳的個性也和老媽一樣，我敢說妳會為了堅持自己的立場而力爭到底。」

朵拉阿姨又對我露出笑臉，目光炯炯的凝視著我。我想這些小動作都清楚代表著她受限於身體障礙而無法說出口的話語。

「沒有關係的，朵兒阿姨。」我連忙補上一句，以我最溫柔的方式握握她的手。「妳不需要告訴我妳的感受，我都明白的，我真的明白。」

接下來，我又陷入困惑了，不知道該怎麼做才能繼續我們之間的對話？或者，我應該繼續和朵拉阿姨聊天嗎？我擔心這樣的對話會造成她不必要的負擔。老爸之前已經警告過我，朵拉阿姨的癲癇發作起來相當嚴重。

於是我和朵拉阿姨就這樣靜靜坐著，什麼話都沒說。偶爾，當朵拉的身體發出抽搐時，她的輪椅會跟著發出聲響。然而這樣的靜默並不會讓我們尷尬，我也不覺得需要硬說些話來填補空洞。我只是靜靜的望著朵拉阿姨，看她的頭以奇怪的姿勢歪斜著，好像很不舒服。她的眼睛睜得大大的，視線往上看著鳥兒從橡樹林飛過，或在她身邊飛來飛去。從朵拉阿姨的雙眼，我覺得自己彷彿看見了她的喜悅。她看起來並不難受。假如她的身體狀況真的會讓她不舒服，或許她也已經習慣了那種痛楚，或者已經學會忽略那種不舒服的感覺。

我追蹤著她的視線，想明白她看見了什麼。我花了幾分鐘觀看因風搖曳的樹枝，感受著全然的平靜。這樣的感覺對我來說非常陌生，但是它帶來的能量卻非常強大，讓我差點就因此睡著而往後仰倒。但突然間有個聲音打破寧靜，讓我嚇得跳了起來，整個人完全驚醒過來。

「這個地方很不錯吧，對不對？非常適合睡個午覺。」

一開始我還沒有搞清楚是怎麼回事，而且有那麼一瞬間，我還以為是朵拉阿姨在對我說話——或許她根本沒有癱瘓，只是一直欺騙著我。但是當我模模糊糊的往朵拉阿姨的方向望去時，才看見有個男人站在朵拉阿姨的輪椅後方。他就是剛才走開的那個深藍色襯衫男子，他對著我微微笑，一邊拿著羊毛衫披在朵拉阿姨的肩膀上。

我應該怎麼回答才對？我應該怎麼回答才不會顯得既愚蠢又罪證確鑿？

「別緊張。」他不在意的揮揮手。「這麼好的天氣，在這裡小睡十分鐘沒有關係。我會幫你趕蒼蠅。」

「我不是在睡覺。」我急忙解釋，彷彿證明我沒睡覺是件重要的事。「我剛剛只是……」

「我知道，你只是讓眼睛休息一下，是嗎？朵拉也經常這麼做，對不對？」他若無其事的為朵拉阿姨擦掉從嘴角流出來的口水。「不過她還有一大堆家務事還沒做完哩，馬鈴薯的皮也還沒削。」男子笑了一下，朝著我伸出他的手。「我是湯姆，是這裡的工作人員，負責假日時段的照護工作。」

我什麼也沒說，只是握住他的手，然後無力的晃一晃。

「這個時候你應該要……」

「啊？」我終於開口。

「你應該知道吧？這個時候你也應該要報上自己的名字、年齡、職業之類的。我不是想逼你告訴我這些資料啦，只是覺得一般人都會這麼做。」

「喔，對，沒錯。我叫查理。」天啊，我真是個大笨蛋！我應該編個假名才對，不應該報出自己的真名！

「你跟朵拉是怎麼認識的？你是她的家人嗎？還是她的男朋友？」湯姆故意開玩笑的戳戳朵拉的肩膀，「朵拉，妳很不簡單喔……」

「哈哈，不是啦，」我開玩笑的說，「我對她而言年紀太大了些。我只是到這裡來……」想啊，查理，快想出一個好藉口。「呃，我叔叔住在這裡，住在最高一層樓。」我用手指向醫院的建築物，假裝我很熟悉這裡的樣子，但其實可能指到的是廁所也說不定。

「喔，是這樣啊。」儘管湯姆的口吻似乎相信了我說的話，但是他的表情卻完全不然。

「對啊，我從好久以前就常到這裡來探望我叔叔，所以或多或少也算認識朵拉，你懂我的意思……」

「看得出來。」湯姆的眼睛依舊緊緊盯著我看，盯得太過專注。「你們之間的互動，看起來就像是認識了好多年。」

湯姆沒有再多說什麼，於是我們兩人就這樣沉默了好一會兒。我心裡相當恐慌，但只能盡力壓抑住想拔腿逃走的衝動。

「好了，你們繼續聊聊。」最後湯姆終於開口。「朵拉，妳很久沒有笑得這麼開心了，對不對？妳需要多一點像查理這樣的朋友來陪陪妳，好讓妳接觸一下醫院以外的世界，幫助妳思考一些新事物，對不對？」

湯姆滿懷希望的看著我。「查理，你可以幫忙朵拉做到這一點，對不對？」

我睜大了眼睛，點點頭，並且把湯姆剛才說的話深植在心中。

我本來是到這裡來尋找答案的，沒想到卻帶著截然不同的想法離開——讓人更為興奮的新主意。

當我走出橡樹園的時候，心裡已經有了一個新計畫。

32

「在我從你聽來的諸多點子裡，這是最爛也最瘋狂的一個。」

我做了一次深呼吸，不讓自尊心因此崩潰瓦解。我早就應該知道，找席納斯提供建議是非常冒險的舉動。

「你真的認為可以把你阿姨弄出那家醫院，不被任何人發現？當你把朵拉阿姨扛到肩上準備翻牆而去時，你覺得那些護士會眼睜睜看著你們逃走嗎？查理，請容我提醒你：我敢說那些護士絕對不會好心提供你一把梯子，讓你在翻牆時省點力氣。她們比較可能會準備精神病患專用的束縛緊身衣。再說，你這麼做對朵拉阿姨也沒有好處！」

「可是朵拉阿姨只是病了，又不是瘋了，她不該被關在醫院裡。再說，橡樹園裡面沒有束縛緊身衣那種東西啦，那裡又不是精神病院。」我努力不將受挫的情緒發洩在席納斯身上。這是我唯一能想到的點子，而且我之前在腦中不斷說服自己這是一個超完美的好點子。如果能成功把朵拉阿姨帶出醫院，就可以向老媽證明我已經知道她的祕密，而且我其實不在意有一位重病的阿姨。除此之外，我還可以向老媽證明，我的祕密不會對我造成任何傷害。你們可以想想看，這確實是個三贏的結果。

在滑板比賽當天，我只要在席納斯的幫助下，把朵拉阿姨從橡樹園裡借出來幾個小時，帶她去公園看我比賽，就可以完成這個計畫。當天去看滑板比賽的人一定很多，我可以把朵拉阿姨安頓在人群裡。

如果我能做到這一點，並且一起帶老媽到滑板公園，我就可以向她攤牌，告訴她我已經知悉一切。

「你應該明白你老媽吧？」席納斯這時又補上了一句話。這句話就像是一根無情的針，狠狠刺痛我的靈魂。「你應該記得你老媽是一個……該怎麼形容呢……喔，對，她是一個超級控制狂。假如你在她熟識的每個人面前公開她刻意隱瞞多年的祕密，你覺得她忍得下這口氣嗎？」

「席納斯，那正是我的目的啊！我老爸曾經說過，老媽最重視面子問題，如果我這麼做，老媽當然會恨死我，但是你也見過朵拉阿姨，她又不是什麼有著三顆頭的恐怖怪物，等大家見到朵拉阿姨之後，每個人都會接受她，甚至還會覺得她很可愛。一旦老媽看見大家對朵拉的友善態度，她就會原諒我的。」

「你覺得你老媽會因此同意你爬上滑板平台嗎？伙伴，說真的，你是不是該躺下來休息一下，因為你說明得越詳細，這個點子聽起來就越行不通。」

「這就是你對我這個計畫的看法？是嗎？」我的心情變得相當低落。「你的建議就是如此？這就是席納斯要分享給韓查理的福音？好吧，如果你不打算幫我，不打算在我最需要你的時候伸出援手，那就隨便你吧！但是無論如何，我已經下定決心要去執行這個計畫。」

席納斯看著我，彷彿我是一個無賴。他裝出一臉無辜的表情，說：「誰說我不打算幫你忙？只不過你的計畫還需要靠一些小手段來完成。我想，我可以讓這個計畫變得更精良。」

原本阻止我繼續前進的紅燈，這時候又變成了綠燈，但是我心裡對於這個計畫還是感到相當恐懼。儘管我不肯承認，但是我知道席納斯的看法都是正確的。另外，我還知道一件事：如果席納斯出手幫我，其實也等於幫他自己，因為他滿腦子想像著美女對他投懷送抱的畫面，他為了讓夢想成真，為了讓女孩子們看見隱藏在他鼻孔深處那個關懷別人的靈魂，他一定得靠某項轟轟烈烈的大計畫才能辦得到。

於是席納斯開始籌畫布局，但並不是把朵拉阿姨帶出橡樹園的計畫。我希望席納斯在忙著替學校每一道磚牆改頭換面時，腦子裡可以順便想一想如何偷出朵拉阿姨。席納斯開始拚命在牆上塗鴉，成果令人咋舌。

我不知道席納斯是怎麼辦到的，但是他肯定花了相當多時間，也花了相當多錢買噴漆。在短短兩個半星期內，席納斯在學校裡的每一道牆上都畫了泡泡紙男孩的圖像。這些塗鴉畫出現在學校的每一個角落，吸引著所有人的目光。除了牆壁之外，席納斯也在圍籬和門柱上作畫，幾乎不放過任何一個可以讓他表現才華的地方。但是席納斯並不因此感到滿足，他甚至還藉由數位化的方式傳播他的創作：每當老師打開電子白板時，白板上就會先閃現出「BWB」三個英文字母；席納斯還三不五時駭入學生餐廳的電視畫面，硬是讓他的創作插入皮區先生對全校師生發布的校內新訊中。

「這是破壞公物的行為！」皮區先生再度發出怒吼。這句話已經變成了他的口頭禪。如果這位老先生再繼續這麼激動，我看他可以辭掉校長的工作，改行去當遊戲節目的主持人。

「我們當中有些無知的人，竟然把這種破壞公物的行為當成是一種藝術！他們以為這種表現是值得稱許的，實際上只會減損本校建築物的價值，也讓全校師生蒙羞，降低我們的水準。因此，我鄭重要求你們每一個人：身為本校的一分子，你們有責任時時提高警覺，揪出這個破壞公物的凶手，讓他或她接受懲處。」

皮區先生一面說著，一面回過頭去看他準備的投影片，但是他每次按下按鍵時，畫面上出現的卻是時尚亮眼又令人驚愕的圖畫，一幅比一幅更讓人目眩神迷。最後皮區先生氣憤的把遙控器丟到地上，演講廳也差點被大家亢奮不已的笑鬧聲掀了屋頂。

我從來不曾在學校裡見過那麼瘋狂的場面，這在全校師生聚集的朝會上不可能發生，在學校裡任何一棟建築物也不可能發生，就算上次，某位實習老師穿著一件略為透明的上衣監考九年級法文測驗時，大家的反應也沒有現在激動。

大家不停拍手、歡呼、大叫，一直吵鬧到最後，我甚至以為全校學生都會站起來鼓掌喝采。在一片叫好聲中，席納斯和我只是目瞪口呆的坐著。不對，目瞪口呆的只有我，席納斯則是一如往常般露出自鳴得意的笑容，不停微微點頭，接受大家的讚賞與歡呼。

校園裡一整天都顯得躁動不安，學生們群聚在不同的塗鴉前，分析牆上的構圖與畫中的意涵，推測誰是幕後真正的創作者，以及「BWB」所代表的意思。雖然沒有人猜到正確的答案，但是我和席納斯在一旁看他們拿鉛筆在筆記本上不斷塗塗寫寫的樣子，就忍不住覺得好笑，彷彿這些塗鴉畫是難度很高的數獨遊戲。

當放學鐘聲響起，我突然莫名其妙的難過起來，非常捨不得今天就這樣結束了。等到滑板節當天完成了計畫之後，我是不是也會像此刻一樣悵然所失呢？如果是的話，那麼我會先讓自己好好習慣這種感覺。這一次我不想再搞砸了，在這種充滿鼓勵的動力下，我真的不想再毀掉一切。我可以接受各種結果，但是「失敗」不在選項之內。

33

接下來的三個星期，我每天忙得團團轉，就像是兩頭燒的蠟燭。我覺得自己簡直就像在玩火，但是請容我稍微得意的告訴你們，我一點都沒有燒傷喔。不過，我真的忙到差點翻掉。

有好多事情等著我去做，就算抱怨也不會有什麼幫助。我只能專心想著忙完之後可以獲得的獎賞：我可以完美復仇、榮耀加身，席納斯也可以被美女環繞。更重要的，我家的謊言可以因此化解開來。光是最後一項獎賞，就值得我去冒險拚命。

首先，我發瘋似的狂練滑板。全世界一定都覺得我會在滑板大賽中摔個四腳朝天，所以我不能讓他們稱心如意。我知道，就算勤加練習大概還是沒有逆轉的機會，但是我不能就此放棄，起碼要超越自己之前的程度，所以我必須把握每一分鐘、每一秒鐘，不斷練習各項滑板技巧。

我真的卯起來練習，就算在偷練時可能會被老媽撞見也在所不惜。當然，我會盡量避免這種風險，所以我在練習之前都會先換上席納斯的鬆垮牛仔褲以及連帽衫，並且戴上老爸冬天時偶爾會戴的那頂附耳罩的滾毛邊騎兵帽，這樣老媽就算撞見了我，應該也認不出我來。雖然在大太陽底下穿成這樣練習滑板讓我熱得汗流浹背，宛如一個神經錯亂的傢伙，但如果這身裝扮有助我隱匿自己的身分，就算流再多汗水也值得。

我踩著滑板到處跑，但是天黑之後我才能到滑板平台上練習，因為老媽在那段時間會去醫院探望朵拉阿姨。不過這樣一來，我就必須依賴老爸的車頭燈充當照明工具。為了訓練耐力和平衡感，我除了在路邊停放的汽車之間滑來滑去、在公車站等車的人群之中鑽進鑽出之外，甚至也在行進的車輛旁溜來溜去。我以這種方式訓練自己，讓自己保持穩定，不從滑板上跌下來。

我現在也可以溜到更遠的地方了，因為白天是老媽接聽客人打來的點餐電話，我負責外送。有時候，我還可以抽出時間到橡樹園探望朵拉阿姨。我通常會坐下來陪在朵拉阿姨身邊，建立她對我的信任感，這樣一來，等到我要執行計畫的那天，當我帶著她逃出醫院的時候，她才不會感到害怕。無論如何，我不願意讓朵拉阿姨感到不安。

去醫院探視朵拉阿姨變成我最快樂的時刻。每當我發現朵拉阿姨在草坪上等我，就覺得相當開心。但是我必須小心翼翼，有時候我才和朵拉阿姨聊了一分鐘，她的看護人員就回來了。雖然我和朵拉阿姨獨處的時間有限，但最重要的是朵拉阿姨知道我是去陪伴她，知道我想成為她生活中的一分子。

和朵拉阿姨相伴讓我變得更有自信。原本我還神經兮兮的擔心自己可能會不小心弄傷朵拉阿姨，如今這種想法已經開始慢慢消失。而且我也開始真心真意的相信，朵拉阿姨讓我變得不一樣。

「朵兒阿姨，妳是不是也覺得很有趣？對不對？」描述完席納斯另一件蠢事之後，我詢問朵拉阿姨。她開心的用力搖晃輪椅，讓我知道她也覺得席納斯的蠢事相當逗趣。從她的反應，我開始期待正式介紹她與席納斯認識的那天到來。朵拉阿姨之前只瞥見過席納斯一次，就是席納斯為了躲避老媽而藏進衣櫥裡的那天。

「我們應該找一天出去外面走走，妳和我，就我們兩個人，離開這個地方。妳覺得這個主意如何？」

朵拉阿姨目不轉睛的看著我。

「我們不會去很遠的地方，所以妳不必擔心會錯過下午茶時間。我只是覺得，也許妳會想去看看我溜這個玩意兒。」在我的引導下，朵拉阿姨的目光看向我的滑板。「雖然我溜滑板的速度還比不上妳的輪椅，但如果妳願意來看我參加滑板比賽，我一定會全力以赴的。」

朵拉阿姨又笑了起來，讓我覺得自己再度充滿正面的能量，也讓我對自己著手進行的計畫更有衝勁。如果朵拉阿姨和我一樣熱血沸騰，一切的努力就是值得的。我不確定是不是應該再去爭取更多人的協助，也許我該去找老爸幫忙。這個想法一直在我腦中徘徊不去，直到我和老爸再次獨處。

「你對朵拉阿姨的認識有多深？」我問老爸。滑板練習結束後，老爸開著車載我回家。我故意裝出天真無邪的模樣，不想讓老爸發現我曾經偷偷探望過朵拉阿姨。

「什麼意思？」

「喔，我的意思是說，你多久去探望她一次？她和你相處的時候，也像她和老媽相處時那麼舒服自在嗎？」

老爸看起來有一點不好意思。「嗯……她知道我是誰，但是我已經好幾個月沒去看她了。她發生意外前，我並不認識她，而且……呃……你知道我不太擅長和別人聊天，所以我沒有經常探望她。」

「也許她根本不需要你陪她說話啊，也許你只要靜靜陪著她就好。」

老爸用眼角餘光看著我，不明白我為什麼好像相當了解朵拉。我真不該透露出那麼多訊息，我不該說這麼多話。

「也許我最近可以找一天去看看她，好讓你老媽休息一下。」

「或者，你也可以陪朵拉做些不一樣的事情。我的意思是，朵拉每天待在醫院裡，一定覺得相當無聊。如果你能夠她讓看些不同的東西，一些新鮮的事物，或許對她的健康有所幫助。」

「查理，你到底想要說什麼？」

我裝出一派輕鬆，無辜的聳聳肩。「沒有啦，我只是對朵拉阿姨很感興趣。你總不希望我知道自己有個阿姨之後，卻對她毫不關心吧？你懷疑我別有企圖嗎？」

「如果你坦白告訴我到底想要做什麼，我就不會懷疑。我並不是一個笨蛋，我不可能把朵拉帶出醫院，只為了你想見她一面。雖然我知道你很想見她，但是我沒有辦法這樣做。」

我覺得突然有股無名火冒上來，看來老爸絕對不會幫我執行這項計畫。不過這倒是提醒了我一件事，他之前答應我的事情，到現在還沒做到。

「好吧。不過你還是會找老媽談談這件事，對不對？你之前說過，你會找她談談。」

老爸沉默了一會兒，雖然時間不算太久，但是感覺相當漫長。「我必須等時機恰當，才能向你老媽提起這件事。」

「喔，好吧，要等恰當的時機。是什麼時候？等我十八歲的時候？還是等我二十一歲的時候？還是你要等到一些壞事發生在朵拉阿姨身上的時候？你是不是一定要等到朵拉阿姨死了，才肯和老媽談這件事？」

我這些話傷害了老爸，但是我並未因此而退縮，因為我已經沒有時間可以浪費，也覺得老爸不應該再繼續如此。

「查理，我已經盡力而為了。」當車子遇上紅燈停下來時，老爸的態度軟化了一些。「我不是已經在幫你了嗎？對不對？難道我做的這些還不夠？」

我伸手拉開車門的把手，跳出老爸的車外。「不夠！還差得遠了。」我怒氣沖沖的頂撞老爸，並且將滑板扔到地上，然後一腳踏上去，隨即滑走。

「查理，快點回到車上，聽老爸的話。」

我完全不理睬他。

「快點回到車上。你老媽差不多已經在回家的路上了，萬一她看見你在玩滑板怎麼辦？」

我微微露出一笑。「拜託，老爸，你覺得我現在還會擔心被老媽發現嗎？」

老爸生著悶氣，不發一語。他起初還刻意放慢車子的速度，緩緩跟在我身邊，但是行駛大約一百公尺之後，他就氣憤得加速開走，留下我獨自一人。我不只此刻是孤身一人，在許多方面都將必須孤軍奮戰。

34

學校裡的每個人都在議論紛紛，但是大家討論的話題並非關於長達六個星期的假期，而是聚焦在滑板節和席納斯狂放不羈的藝術作品上。這兩枚震撼彈將全校學生的激情燃燒到最高點。

皮區先生對於「破壞公物」這件事相當震怒，他想盡辦法讓學校回歸原本平靜的狀態，因此一天到晚帶著一隻像是有狂犬病的亞爾薩斯狗在校園裡到處巡邏。

但是，每次皮區先生派人把牆壁漆回本來的米白色，席納斯馬上又會塗鴉出新的創作。我驚訝席納斯的腦袋怎麼會有這麼多想像力，而且他的手腳怎麼會那麼長，讓他一次又一次畫出面積更大、創意更好、內容更大膽的作品。當然，也讓校長皮區先生越來越憤怒。

全校學生開始提早到校，大家隔著上鎖的校門，窺探又有什麼新的塗鴉作品出現。有人開始在自己的鉛筆盒和書包上模仿席納斯的塗鴉，而當皮區先生看見一大群七年級女生用原子筆在自己臉上寫下「BWB」三個大字時，當場理智斷線。我猜測起什麼時候會有人販賣相關圖案的T恤，並意外席納斯竟然還沒有想到這個點子。

席納斯也開始在校園裡昂首闊步。雖然沒有人知道他就是那些塗鴉的創作者，但他也算是以這種奇怪的匿名方式一炮而紅（他自己是這麼認為的）。席納斯現在比較不常在筆記本裡作畫了。假如老師們的腦袋夠聰明，早就可以藉由席納斯的筆記本偵破這樁懸案。席納斯彷彿也不太思念那本以前與他長相左右的筆記本，不過話說回來，他何必思念那本筆記本，現在他有好幾倍大的畫布可以任他揮灑創意。

下課時間和午休時間，我都和席納斯一起跑去曬太陽，順便討論接下來要如何進行，才能讓計畫更加順利。時間只剩下一個星期，但是「朵拉任務」的計畫依舊漏洞百出，比席納斯那條破破爛爛的手帕還要可悲。目前可以百分之百確定的，就是這項任務的成功或失敗，完全取決於一個無法操控的因素：天氣。

滑板比賽當天必須是豔陽高照的好天氣。如果當天有陽光，朵拉阿姨才會到外面曬太陽——這是我這段日子以來仔細觀察研究的結論。因此，這個重要的方程式其實非常簡單：「溫暖的天氣」加上「到戶外享受陽光的阿姨」等於「外甥可以迅速將輪椅上的阿姨推出醫院大門」。

但如果當天天氣不好，席納斯和我就必須偷偷溜進大門深鎖的橡樹園，並且想辦法躲過監視器的鏡頭以及醫護人員的眼睛。總之，我們的計畫就難以得逞。

我們拚命研究各種天氣預報資料、鑽研各項長期天氣預報的正確率，並且刻意忽略天氣預報說當天會有百分之二十的下雨機率。唉，我的老天啊，我們簡直就像發了狂的書呆子，而且也心知肚明自己的愚蠢，但是只要努力可以得到回報，我真的一點都不在乎做蠢事。

「我們這麼拚命，最好的成果會是什麼？」我問席納斯。此刻我們正悠閒的欣賞著他一幅面積最大且內容最古怪的作品：一顆熊熊燃燒的太陽，從正中央噴射出「ＢＷＢ」三個字母。

「什麼？你是問除了可以被全世界最漂亮的女生團團圍住以外的成果嗎？」

「呃，你說的只是假設的結果。」我笑了出來。「而且，愛情畢竟是盲目的，不是嗎？」

席納斯不明白我想表達的意思。

「你覺得還可能有什麼樣的結果？」我繼續追問。「除了被女生包圍之外。」

「不需要再被排擠。我的意思是，如果我不打算天天來上學、欣賞校園的美景的話，又何苦要替全校的牆壁改頭換面？」

「你不覺得皮區先生會繼續塗掉你的創作嗎？而且，等到他發現這些牆面都是你畫的，他會叫你自己提著油漆桶把塗鴉全部刷掉。」

「不可能。」席納斯笑了，「既然塗鴉教父班克斯[21]沒遇過這種倒楣事，所以我也不會。」

「我很高興你把自己當成和班克斯相同等級的藝術家。」席納斯向來習慣把自己與同領域的佼佼者相提並論。

「你呢？你是不是已經看上誰了？你可別告訴我你一點都不在乎會有什麼樣的結果。」

其實我真的想過這個問題，但是我的目標並不像席納斯的這麼氣勢恢弘。如果能因此交到女朋友，那當然是相當了不起的大勝利，不過我沒有本事也沒有興趣同時與多位女生交往。我想席納斯應該也和我一樣。

只要能夠終結所有的祕密，對我來說就已經是一個很棒的結果了，但是我並不能肯定，就算我們的計畫成功，老媽是不是從此就會對我坦白一切？她可能會認為我背叛了她，就像她背叛我的程度一樣嚴重。如果真的演變成為這種局面，我應該怎麼辦才好呢？畢竟大家都很清楚，在我們家誰

21　譯注：塗鴉教父班克斯（Banksy）是一位匿名的英國塗鴉藝術家，也具社會運動分子、電影導演及畫家身分。他的街頭作品經常帶有諷刺意味。

才是老大。因此，光是想像自己惹毛老媽的畫面，就已經讓我緊張得快窒息了，比被裹在泡泡紙裡還令人難受。

「我只是不希望再繼續當個無名小卒。」

「無名小卒？在經過你老媽和你在滑板平台大吵一架的風波之後，你還覺得自己是個無名小卒嗎？」

「好啦好啦，我用錯成語了。我希望自己可以改頭換面，我想聽見大家為我歡呼，而不是一天到晚嘲笑我。我不想成變成最優秀、最厲害的人，也不想要出名，我只求擺脫一身臭名。你懂我的意思嗎？」

席納斯停頓了一會兒，沒有接話。他以一種溫柔的眼神看著我，然後開口了。

「我完全聽不懂你在說什麼。或者說，我完全不明白你為什麼這麼謙虛。這是你一飛沖天的大好機會，就算等我們都畢業了，我們的故事還會繼續在學校裡流傳好幾年，因為我和你都是人生逆轉的代表人物！」

我搖搖頭。「不必了，那些光環就由你自己獨享吧，我只要今後不需再走羞恥之路就謝天謝地了。只要未來三年在學校裡，我不必再被大家踢來踹去，這一切的努力就算是值得了。」

席納斯大聲噓我。

「有時候我真不明白為什麼要浪費天賦在你身上。你的態度經常讓我覺得白費工夫，如果我用我的才華去幫助其他的可憐蟲，說不定還比較值得。」

「對對對，你肯幫我，是我的榮幸。」儘管我竭盡所能的表現出我的嘲諷之意，但對於臉皮厚如犀牛的席納斯根本毫無殺傷力。

「我很樂意幫你的忙，因為你不只是我的任務，也是我的朋友。為了要證明這一點，請你把你的滑板交給我。」

「啊？你為什麼要我的滑板？」滑板節就快到了，在這種緊要關頭，我不希望把滑板交給任何人，因為我必須卯足全力練習各種滑板技巧。

「你別多問原因，反正你只要相信席納斯叔叔就對了。喔，對了，你也必須想一想，比賽當天要穿什麼樣的衣服上場。」

我低頭看看自己身上的制服，然後又想想我衣櫃裡乏善可陳的幾件衣服。「很簡單啊，牛仔褲、T恤。為了避免摔倒時磨破皮，我可能會選穿長袖的T恤。」

「你怎麼還是什麼都不懂呢？」原本仰躺的席納斯坐起身來，看起來有一點生氣。「我花了將近一個月的時間，努力把你打造成這所該死的學校裡最酷的學生。每個人都想知道『BWB』所代表的意涵，因此，當你站上滑板平台的那一剎那，就是讓大家眼鏡跌碎一地的光榮時刻。全校的人在那一刻就會明白，你就是塗鴉畫裡的那個泡泡紙男孩，所以你要讓大家好好注意你。如果你當天打算穿著牛仔褲和T恤上場，我就拿噴漆替你好好打扮打扮。相信我，你會寧可自己找件好看的衣服穿。」

席納斯說得夠清楚了。他說完之後又躺回草地上，雙手放在腦袋瓜後。

好極了，現在除了綁架朵拉阿姨、全校同學對我的揶揄，以及被全地球最震怒的父母親責備外，我又多一件事情需要煩惱了。我們的計畫目前進展得相當順利，絕對不可能出錯。

35

在大日子的前一天，照理說我應該要非常忐忑不安，因為我即將在眾人面前揭露自己是泡泡紙男孩的身分，一切可能會變得難以收拾，而且我還要因為欺騙老爸與老媽而充滿罪惡感。

但是你們知道嗎？我完全沒有一絲絲緊張的感覺！我只覺得自己充滿了能量，練習時的速度也變得越來越快。

我比以往更加努力練習，只要一有時間就往滑板平台跑，不願錯過任何可以練習的機會。一般人可能會覺得每天早上五點半就出門練習滑板相當辛苦，但是我一點也不覺得累。我這輩子從來沒有這麼明確知道自己想要做什麼，而且就算苦練兩個小時之後，我依舊思緒清晰、精力充沛。每次我練習結束，就覺得自己已經完全征服了滑板平台，對我來說，它不再是巨大的猛獸。在必要的情況下，我只需要跨出一步，就可以輕易登上它的頂端。

史坦、阿丹和其他那些欺負我的滑板男孩即將領受這輩子最大的震撼。嚇唬他們對我來說是件小事，我保證能夠讓他們大吃一驚。

我很少對自己充滿信心，也很少相信自己真能辦到任何事。由於我的夢想太常破碎，因此，假如我還痴心妄想自己能夠做好某件事，無疑是愚蠢到令人膽寒的地步。所以我不願想太多，決定抒發一下壓力，找個願意傾聽我說話的熟人好好聊聊天。我想找朵拉阿姨聊一聊。

我打算去看看她，畢竟天氣這麼好，她可能又在大樹底下曬太陽，兩眼仰望著天空。

當我踩著滑板來到橡樹園的大門外時，只看見鳥兒飛來飛去，沒有發現朵拉阿姨的蹤影。

我不以為意，因為這不是頭一次錯過朵拉阿姨的日光浴時間。也許醫生在為她看診，也許她去接受物理治療，更說不定她是跑去約會了。於是我又溜著滑板離開，反正忍耐一下也無妨。

然而，一個小時之後，渾身是汗的我又回到橡樹園，想要找個陰涼的地方休息片刻，卻還是不見朵拉阿姨的蹤影。她常現身的大樹底下空無一人。我知道自己有兩個選擇：我可以再去其他地方晃一晃，然後回來碰碰運氣。或者，也可以今天到此為止，等到明天滑板比賽開始前，直接送給朵拉阿姨一個大驚喜。

我知道這兩個選項都不盡理想。我有點緊張，擔心萬一明天朵拉阿姨還是沒出來曬太陽該怎麼辦？到時候我除了買些炸藥炸開醫院大門之外，還有沒有什麼其他好方法可行？

我不情不願的踏上歸途，但也許是因為明天就要比賽太過緊張，也許是因為我已經太過疲勞，我沒有繼續擔心見不到朵拉阿姨的事。當我經過席納斯家的時候，因為實在太累了，沒有力氣繼續前進，所以就敲了敲他家大門。來應門的席納斯立刻出現在我面前。

「你跑到哪裡去鬼混了？」

這是席納斯最典型的問候語。

「火氣這麼大。你又吃炸彈了嗎？」我問。

「你昨天就應該拿來給我。」席納斯繼續嘮叨著。

「拿什麼東西來給你？」

「你這句話是什麼意思？我說的不是你的褲子，我是說你那塊板子，你的滑板。按照我們的計畫，我不是要替它做些修飾嗎？」

「喔，對耶。」

我確實忘了這件事，但是我也不太想把滑板交給席納斯。過去一整個星期，我的腳和滑板幾乎沒有分開過，現在光是想到要把它交到席納斯手上，就有一種失去至親的痛苦。

「好啦，那就拿來吧。」席納斯不耐煩的嘆了一口氣。在我把滑板從地上拿起來之前，席納斯就已經一把搶過它，接著準備關上大門，似乎無意邀請我進去坐坐。

「你不請我進去嗎？」我在門外大喊。

「想都別想。你已經害我空等了一整天，我現在必須趕快動工，不容許你在我身邊礙手礙腳。」

「你要對我的滑板做什麼？」

席納斯已經關上大門。我推開門上的信箱縫，席納斯的回答從信箱縫裡傳了出來。

「查理，我們是最佳搭檔，對不對？」席納斯一面搖晃著噴漆罐，一面往廚房走去。

「呃，我……我……」

「在最佳搭檔裡面，沒有所謂的你我之分。」

「有些團隊裡面還是有分啦！」我大喊著，但是席納斯已經消失在我的視線外。「拜託你噴漆的時候不要噴到輪子附近！如果輪子明天卡住的話，我就玩完了！」

席納斯宏亮的聲音又傳了回來，但是語氣顯得相當不屑。「我知道啦！知道了啦。」然後他就叫我回家休息。

我聽席納斯的話乖乖回家，但是回家的這段路上卻像是我這輩子走過最漫長的路途，當然也是最無趣的路途。

家裡沒有人在。現在無論我思考些什麼，心情都無法平靜下來。我只好在腦中一再重複想像明天可能出現的場景：朵拉阿姨神祕的逃離醫院、警察部隊緊急動員找人、老爸和老媽氣得臉色發青。但比較奇怪的是，無論我如何想像，就是沒有我和席納斯被一大群瘋狂女生高高舉起的畫面。

我想藉著看電視來甩開明天可能一敗塗地的預感，看完後又找了一本書來讀，我甚至打算透過寫功課來轉移注意力。這時我才突然想到應該要準備一下明天比賽時穿著的服裝。準備服裝這件事讓我產生更大的恐懼，我的意思是，席納斯到底希望我明天穿什麼？我一點頭緒也沒有。

難道他期待我穿上像超級英雄一樣的服裝嗎？我可不認為面罩和披風有利於我在滑板平台上的表現。好吧，當我在空中翻飛時，披風或許可以營造出戲劇性的效果，但是它也可能捲進滑板的輪子裡，讓我在還沒開始比賽之前就已經先被絆倒。如果我身穿披風躺在擔架上被醫護人員抬離現場，畫面肯定相當吸睛。

我想起席納斯辛苦完成的藝術創作，便試著在老舊的白色T恤上複製他那幅了不起的塗鴉。唯一的問題是，席納斯是一位藝術天才，而我不是。當我的畫筆落在白色T恤的布料上時，立刻證明了這個事實。

十分鐘之後，我終於在T恤上完成了一幅畫。我想，罹患色盲的六歲小孩也許會欣賞我這幅作品，但是老爸肯定會認為它甚至沒有資格作為廚房抹布。由於我畫得實在太醜，便急忙將它深深埋藏在垃圾桶的最底部，就算是訓練有素的警犬，應該也沒辦法找到它。

最後，我盲目的翻遍家裡每個抽屜，希望能找到某些可以激發我創作靈感的物品，但最後除了一大堆分裝成小包的醬油調味包，以及餐廳過期的舊菜單之外，我只找出一捲髒髒的泡泡包裝紙，上面的泡泡幾乎都破光了。一看見這個玩意兒，就讓我全身發抖，但它是我唯一能利用的東西。於是我把這捲泡泡紙拿回房間，攤在我的床旁邊，接著我必須想出如何運用這項道具。

結果，我沒有想出任何好方法，而且不知什麼緣故，也許是因為緊張和疲憊，我竟然在不知不覺中睡著了。當我醒來的時候，聽見有人正用力敲打著我家大門。我嚇了一大跳，翻身時先在泡泡紙上滾了一圈，壓破僅存的泡泡，接著從床上跳起來時，太陽穴還直接撞上床頭板。

我痛得滾到地上，一時還搞不清楚怎麼回事。這時耳邊又傳來電話鈴聲，一開始它只是悶悶的響著，後來變成不肯停歇的淒厲吵鬧聲。發出聲音的是那支專門提供客人訂餐的外賣電話。

電話鈴聲與敲門聲混在一起，變成一種最刺耳、最不和諧而且我從來沒聽過的噪音，老爸為什麼沒有應門也不接電話？他向來準時開張，總是迫不及待將一切準備就緒，因為只要他熱了鍋，就可以不必再聽老媽囉嗦。

吵雜的聲響又持續了一分鐘。我實在忍無可忍，爬到房間門口看了一下時鐘。此刻時間是下午五點十分，已經過了餐廳開門的時間整整十分鐘。

我走到大門口，看見門外有三個肥胖且情緒激動的男人，不耐煩的指指自己的手表。我告訴他們目前尚未開始營業，他們對於這個消息的反應不太友善。

「不好意思，因為廚房的瓦斯漏氣。」我扯了一個謊，「請你們去卡爾巷的那家餐廳碰碰運氣，好嗎？」

三個男人怒視著我，彷彿我是大屠殺事件的凶手，或是戰爭時被俘虜的敵國罪犯。他們在轉身離開時顯得心情十分不悅。

我才不在乎他們的情緒好壞，我接著馬上跑到電話機旁，撥打老爸的行動電話。沒有人接聽。

於是我又撥打老媽的行動電話，老媽的行動電話直接進入語音信箱。

這太不尋常了。我們家從來不去度假，因為餐廳不能休息，但今天老爸和老媽竟然就這樣無端的消失不見，難道他們不打算營業了嗎？真是太奇怪了。

在接下來的一個小時內，我就像是一個偏執狂，不停撥打老爸和老媽的行動電話，但外賣電話同時響個不停，敲門聲也從未間斷。

到了最後，我乾脆在大門貼上一張「因為老爸老媽失蹤，本日暫停營業」的告示，然後躲到樓上去。我還拿起外賣電話的話筒，只希望在那些不停打來的電話中，沒有打來找我的私人電話。

當我再次把話筒放回電話機的那一瞬間，它又響了起來。電話當然會響，因為那些自私的客人只想點餐。因此，身為一個自律自重的好孩子，我便假裝電話線出了問題，故意不停咳嗽且發出怪聲音，逼得客人火冒三丈，忍無可忍掛掉電話。

這樣做對我們家餐廳的生意沒有好處，但是我才不在乎，因為現在是緊急時刻。

我等待老爸老媽回來，而且三不五時就撥打他們的行動電話，同時還要應付打來點餐的電話，一直到大約晚上八點三十分。我幾乎準備報警了，但是我報警的理由可能站不住腳，因為家裡餐廳未能準時開門營業，並不代表老爸和老媽被壞人綁架，不是嗎？

在這種情況下，我也管不了那麼多，因為我已經緊張得快要爆炸了。我用全身上下唯一沒發抖的手指撥打了報案的專線電話，然後聽見電話筒另一頭傳來接線生的聲音：「緊急報案專線，請問你需要什麼服務？」就在那個時候，我感覺到我另一隻手上的行動電話不斷震動著。

行動電話的螢幕顯示出我最想看見的兩個字——老爸。於是我趕忙對接線生說了一句：「不好意思，我撥錯電話。」然後立刻轉頭對著手機大喊。

「老爸！你跑到哪裡去了啦？發生了什麼事情？」

「我在醫院裡，兒子。我有一個壞消息要告訴你。」

我頓時覺得自己的胃要翻出來了，腦袋瓜也暈頭轉向。但我還是勉強自己開口詢問老爸。

「老媽出事了嗎？發生了什麼事情？她還好嗎？」

「不是，不是，不是老媽出事。我說的醫院不是普通的醫院。」老爸說話的聲音這時變大了些。「兒子，我在橡樹園，唉……朵拉的情況惡化了。」

36

我跑去敲席納斯家的大門。我不是來找席納斯，也不是要來拿回我的滑板，我是來找席納斯的媽媽。

大門打開之後，席納斯媽媽橘色的臉龐從黑暗中浮現出來。她馬上就察覺有事情不對勁。

「親愛的查理，你還好嗎？」

「我需要有人載我。」我急促而含糊的說。「我很抱歉跑來打擾，但是情況緊急。」

兩分鐘之後，我們便搭著席納斯他媽媽駕駛的車子出發，準備往城裡駛去。如果不是因為席納斯的媽媽說她要先「補個妝」，我們應該可以更早出發。

在這當中還有許多小插曲，大部分都與席納斯的媽媽需要「補個妝」有關，即使席納斯雙手沾滿了噴漆衝下樓來，也沒辦法讓他媽媽縮短補妝的時間。

席納斯明白肯定是朵拉阿姨出事了，所以也跟我們一起上車。他不想錯過這件大事，此外，他可以幫忙化解我和他的媽媽之間的尷尬氣氛，因為我的思緒實在太混亂，不知道應該如何向席納斯的媽媽說明前往橡樹園的理由。

老爸打來的那通電話相當簡短，他只告訴我朵拉阿姨因為身體抽搐而導致中風，情況很嚴重，所以他才決定打電話給我。老爸說話的聲音很小聲，而且有點回音，感覺他好像是站在醫院走廊上講這通電話，並設法壓低聲音不讓別人聽見。

「老媽知道你打電話給我嗎？」

「她不曉得。」我能想像老爸一面鬼鬼祟祟的說話，一面轉頭偷看老媽是否突然出現在他身邊。「但是除了打電話告訴你之外，我不知道還能怎麼做。醫生表示……呃……那個……」

我沒有讓老爸說完這句話。我很感激這次他沒有隱瞞我，儘管我的腦子拒絕相信老爸告訴我的每一個字，因為情況絕對不可能像老爸所說的那麼糟糕。我的意思是，朵拉阿姨都已經熬過二十年了，這些年來她的抽搐不知道發作過多少次，她全都撐過來了，不可能在這個時候突然放棄。她不可能選在我才剛認識她時放棄一切。和老媽有血緣關係的朵拉阿姨，應該更加頑固堅強才對啊！

這時我心中除了想著朵拉阿姨之外，也想到老媽的心情。我不知道老媽如何面對這個情況。因為此刻攸關朵拉阿姨的生死，我實在不知道老媽會有什麼樣的感受。老媽會覺得朵拉阿姨此刻病危是上天賜予的祝福嗎？她會覺得自己終於可以解脫了嗎？不，我不這麼認為。根據老爸之前所轉述的內容，老媽肯定認為朵拉阿姨生命垂危是她人生另一次重大打擊。

我試想稍後見到老媽時，我應該對她說些什麼話，以及做些什麼事。老媽會不會因為心煩意亂而接受我現身橡樹園的事實？或者，那個場面會不會引發我和老媽的另一次大吵，而且嚴重到我無法承受的地步？

我試圖想像到時會是什麼樣的場面，但無論怎麼想像，結果都是一團混亂、慘不忍睹，讓我此刻更加不知所措。

席納斯的媽媽開著車，偶爾從後視鏡偷看我。當我告訴她整件事的來龍去脈之後，她驚訝的瞪大了眼睛。

「查理，這件事情對你來說一定造成很大的衝擊吧？」席納斯的媽媽看起來似乎覺得這個故事相當精采，我希望她心裡的感受並不像她表面上看來那麼八卦，也希望我待會兒下車之後，她不會馬上拿起行動電話告訴全世界，畢竟席納斯的媽媽和老媽並沒有交情。幸好席納斯這時候跳出來說話，減少我心裡的不安全感。席納斯如此貼心的舉動，實在相當罕見。

「一切都會沒事的。」席納斯轉過身，對著我微笑了一下，「你不必擔心其他人會知道這件事，因為我們絕對不會告訴任何人。媽媽，妳說對不對？」

席納斯的媽媽聞言後脹紅了臉。她臉上霓虹燈般的腮紅，因此增添了幾分有如萬花筒般的新色彩。「那當然。」她說完之後就將注意力轉回到駕駛上，一路專心的把我載到橡樹園的大門。

我匆忙說聲「謝謝」之後就跳下車，一下車就感覺雨絲滴落在我的頭上。

「你希望我們在這裡等你嗎？」席納斯在我下車之後大聲詢問。

「不必了。」我頭也不回的往前走去。

我不知道下雨是不是某個預兆，但是當我抵達醫院建築物門口時，雨勢竟瞬間變大。落在柏油路面的雨水不停彈跳著，將中庭裡的花朵打壓在地面上。我走在打過蠟的大廳地板上，一路滑溜溜的來到接待區服務人員的辦公桌前。這次，接待小姐立刻注意到我的出現。

「請問你有什麼事嗎？」

老爸隨即出現在她身後，帶著我穿過通往病房的雙層門，並且給了我一個全世界最深刻的擁抱。我不確定老爸這個擁抱是想安慰我還是安慰他自己。

「我很抱歉。」老爸輕聲對我說，儘管我不清楚老爸為什麼道歉，但現在不是追根究柢的時候。

「我很高興你打電話給我。」我心情沉重的笑了一下，並試圖從老爸的表情找出一絲跡象，說明朵拉阿姨的情況其實不像他在電話裡所說的那麼糟。

「我當然會打電話給你啊。其實我一直在等待朵拉的情況可以好轉一些，但是醫生說……她的情況不可能……」老爸告訴我這些事情的時候，臉上的表情就宛如每一字每一句都讓他無比傷痛。這些話不是我樂於聽見的。

「你有沒有告訴老媽我要來醫院？」

老爸搖搖頭，臉頰微微脹紅發燙。

「我不知道應該怎麼告訴她。我不知道如何避免你們兩人繼續受傷害，你們兩人都已經被傷得夠重了。」

「老爸，沒有關係。」我安慰他。這一切對我來說，確實好像已經沒有關係了。老爸不確定老媽看見我之後會有什麼反應，我能明白這一點，我真的明白。「我們一起去找老媽吧？好不好？」

我和老爸安靜的快步走過走廊，但是誰也沒有想到下一步應該怎麼做，我們只能見機行事。

我們抵達朵拉阿姨的病房時，老爸先透過門上的玻璃窗往裡面張望，沉默了片刻，他貼在門板上的手也微微顫抖著。我輕輕推開老爸，這一刻我已經等得夠久了，不想再浪費任何時間。

朵拉阿姨的病房相當陰暗，唯一的光線來自病床旁呼呼作響的儀器主機。朵拉阿姨身上接著許多管子和線路，有點像是科幻小說的場景。我實在無法理解，為什麼這些高科技的治療沒有辦法讓朵拉阿姨恢復健康。

我慢慢走進病房。老媽的身體傾向朵拉阿姨的病床，額頭倚在朵拉阿姨有如枯樹枝般的手上。

老媽和朵拉阿姨都靜止不動。

我以前從來沒有經歷過這種事，甚至從來不需想像這種畫面，但此刻事實就擺在眼前，幾乎將我淹沒。老爸伸出他的手，表示對我的支持，並且要我再往前走去。

我的目光落在朵拉阿姨身上，她的胸口和太陽穴上都接著儀器的管線，那些管線彷彿就要戳破她原本薄弱的肌膚。朵拉阿姨的身體看起來縮得更加瘦小，宛如床墊正一點一滴的抽乾她，打算將她整個人吸得精光。我很想知道朵拉阿姨此刻會不會感覺到痛苦，但是從她的表情來看應該沒有。朵拉阿姨唯一的生命跡象來自儀器面板上的顯示器，而非來自她的身體。

我想告訴老媽我來了，卻不知應該說什麼才對。於是我繼續往前走，來到朵拉阿姨的病床邊，彎下腰，牽起朵拉阿姨的另一隻手。

老媽一開始沒有任何反應，或許她以為我是護士。過了一會兒之後，她的眼睛從我的手一路往上看，視線沿著我的手臂和肩膀，最後來到我的臉。她瞪大眼睛看了我幾秒鐘之後，才意識到眼前的人是我。她苦守多年的祕密，頓時在她面前全然崩塌。

結果就是如此，一切都已無法回頭，對我們家裡的任何一個人都是如此。

37

老媽看見我的時候，由於太過吃驚，一開始並沒有問我為什麼出現在朵拉阿姨的病房——這個屬於她的私密世界。然而，當她看見臉上充滿懼色的老爸時，當場誤以為老爸就是她所有疑問的答案。

「是你告訴查理的？」老媽輕聲問老爸，她的聲音平靜但充滿殺傷力。「查理根本不應該出現在這裡，更別說不該是現在。」

老爸走近老媽，準備向她解釋一切，但是我搶在老爸之前率先開口。

「是我自己發現的。」我鏗鏘有力的說出這句話，不讓自己有任何遲疑。「後來我才去追問老爸，逼他告訴我所有的真相。」

老媽沒有任何反應或回答，彷彿我說的是某種奇怪的語言。老媽輕輕放下朵拉阿姨的手，動作溫柔又謹慎，但是她的肢體語言呈現出來的態度卻一點也不溫柔。她的雙眼依舊瞪著老爸，憤怒的微瞇著。

「你怎麼可以這樣對待我？」老媽歇斯底里的說，從病床旁走向老爸。「我還以為你明白我的感受，我以為你明白我為什麼不想讓任何人知道朵拉的事。難道你覺得查理應該要知道這件事情？難道你覺得查理應該要知道我犯過什麼樣的錯？」

我想辦法擠到老爸和老媽之間，試圖轉移老媽的注意力，但是老媽的氣勢一如往常剛烈，完全沒有退讓之意。

「聽我說，老媽，不是老爸告訴我的。有一個護士打電話到家裡來，那個護士誤以為我是妳，我是從她那裡聽來的。後來我去追問老爸，逼他把完整的故事告訴我，因為我威脅老爸，如果他不告訴我，我就要直接問妳。他不想妳受到傷害，才同意告訴我所有事情。」

老媽這下子終於聽進了我說的話。她聽完驚訝的睜大眼睛，往後退了幾步。她舉起雙手摀住自己的臉，彷彿不希望別人看見她，也許是因為她覺得自己傷痕累累，或者覺得自己太過邪惡。

老媽往後退的時候，我走向前去安撫她，試圖讓她放下雙手，但是她的手臂緊緊繃著，不肯將手移開臉龐。

「老媽，沒有關係的。」我對她說，「真的，老媽，老爸已經告訴我事情發生的經過。」

「我猜他一定什麼都告訴你了。」儘管老媽摀著臉，她說話的聲音還是相當清晰。「我猜你老爸一定告訴你，說這不是我的錯，還說這種事情可能發生在任何人身上。」她這時慢慢放下雙手，她臉上的表情、皺紋與淚水，全都充滿著痛苦。「偏偏這種事情沒有發生在別人身上，只發生在我身上！」

我以為老媽會繼續發怒、持續提高說話的聲量，但是她說完這句話之後就咬住嘴唇，開始啜泣，身體也因此不斷抖動著。「偏偏這種事情只發生在我妹妹身上。」

「這不是妳的錯，老媽。這只是一場意外，妳一定要明白這一點。」

「意外？你認為那是意外？我告訴你什麼是意外：意外是不小心打破玻璃，或者是倒車的時候不小心撞上路燈。但是你看看朵拉的模樣，你覺得這可以相提並論嗎？你看看她身上接了多少管線和儀器，難道你能說這不是我的錯？」

我沒有機會接話，因為老媽的話一說完，朵拉阿姨的儀器就突然發出電子警示聲。尖銳的聲響十分刺耳，我們三人慌慌張張的跑到她的病床邊。

我仔細看著朵拉阿姨的臉，想知道她是否正承受著痛苦，但是我完全看不出任何跡象。朵拉阿姨的雙眼緊閉，氧氣罩底下的嘴唇微微噘起。儀器的螢幕顯示著，朵拉阿姨的生命力正逐漸衰退。

一群醫護人員衝進病房，於是我們就像被保齡球打散的球瓶一樣，往後退到一旁，好讓醫生診斷朵拉阿姨的病況。他們對著朵拉阿姨又碰又掐，讓我忍不住想拉開他們，或者叫他們動作輕柔一點，但是我沒有這麼做，只是緊緊拉著老媽，因為她彷彿也跟隨著朵拉阿姨的腳步慢慢失去力氣。醫護人員替朵拉阿姨打了幾針，但始終沒能讓她的情況好轉。

朵拉的呼吸漸漸變弱，就像是聲量不斷減弱的回音。感覺好似她病床底下長出了輪子，正將她慢慢地帶離我們身邊。

我走回病床旁，小心翼翼的拉起朵拉阿姨的手，深怕弄傷了她僅存的微弱生命。我希望朵拉阿姨知道我在她的身旁，也希望她知道——頭一次也是最後一次知道，我們都是她的家人。

「我恐怕沒辦法告訴你們好消息。」從我身後傳來說話聲。我們轉過身去，望向有點駝背的醫生。或許他經年累月都必須以相同的開場白對病患家屬說話，所以搞得自己也有點頹喪。

「電腦斷層掃描的結果看來不太樂觀，我們擔心的事情已經發生了，朵拉中風時引發顱內大量出血，你們都知道，她虛弱的身體禁不起這樣的出血。我們可以盡量讓她舒服一些，並且減低她的痛苦，但是我們所能做的也只有這些，恐怕沒有辦法……」

醫生接下來所說的話，我完全沒有辦法繼續聽下去。

我知道接下來他要說什麼，畢竟當我走進朵拉阿姨病房的那一瞬間，就已經做好了心理準備，但不知道什麼原因，醫生現在所說的一切依舊沉重得讓我無法承受。我驚訝得張大嘴巴，雙腿頓時一軟。老媽在我跌坐到地上之前扶住了我，還在我哭出聲音的時候溫柔安慰我。

我從來不知道自己會哭得這麼厲害，或許是因為這個消息就像是謊言事件對我的最後一擊，也或許是因為朵拉的病況遠遠超過我所想像，所以才讓我難掩悲慟。我的慟哭也讓自己嚇了一跳，因為我不知道自己竟然能夠深深愛著一個我幾乎不認識的親人，而且讓我更加害怕的是，我不知道將來能夠找誰來取代朵拉阿姨在我心目中的地位。

我當下覺得自己彷彿老了五歲。我看著老媽，她看起來也和我一樣憔悴又傷悲。我無法想像老媽如何硬撐住自己，但是我知道老媽和我此時都藉著倚靠彼此的身體，才不致因崩潰而癱坐到地上。

我們就這樣靜靜的等待。

當我們周圍的光線慢慢變暗，我明白這意味著老媽漫長的等候終於到了盡頭。這二十年來，老媽知道這一天總會到來，她心裡早就做好了準備，在她充滿罪惡感的心裡，早已做好了準備。這麼沉重的事實，讓我無法逃避。

我一直愚蠢且幼稚的深信朵拉阿姨不可能死掉。我當然不覺得朵拉阿姨會死，因為她看起來就像一隻乾瘦的小鳥，無論看到什麼都會哈哈大笑，而且還讓每個人一認識她就深深迷上她。她比學校裡的白痴傢伙都還富有生命的感染力。

我突然想起了我的綁架計畫，那個愚笨又魯莽的計畫。我竟然打算綁架朵拉阿姨，只為了滿足我個人自私的需求。

如果我真的帶朵拉阿姨去看滑板比賽，而她在路上中風了，或者是在人群中看我比賽時中風了，我該如何是好？又該如何向老媽交代？

「老媽，往好處想，妳只是在騎腳踏車時讓朵拉阿姨發生意外，而我才是那個害死朵拉阿姨的凶手……」

光是想像這個結果，就已經讓我全身發冷。我唯一感受到的溫度，來自朵拉阿姨的纖弱的手指。老媽忙著替朵拉阿姨拍鬆枕頭，並替她梳理頭髮，而我則握著朵拉阿姨的手。我想，老媽這二十年來大概每天都替她妹妹打理這些事情吧？如今她們剩下的時間不多，在這最後的時刻，老媽一定希望讓朵拉阿姨感受到最多也最深的愛。

即使這麼做也不會有什麼幫助。

午夜悄悄的來，又靜靜的離開。我和老爸老媽都有問題想要詢問對方，但是誰也沒有開口，因為那些問題現在一點都不重要。我們現在只想對朵拉阿姨說話，現在她才是最重要的人。

她覺得舒服嗎？

她能聽見我們說話嗎？

我知道，其實這些問題都只能讓自己覺得舒坦一些，對朵拉阿姨來說根本沒有意義。我們只希望：無論朵拉阿姨會去什麼地方，她都可以感受到我們一家人陪在她身旁。如果朵拉阿姨離開的時候沒有辦法帶走什麼，起碼她能帶著安心感離開。

朵拉阿姨最後是什麼時候離開我們的呢？

她離開的時候稱不上平靜安詳，但也沒有任何激烈的掙扎，總之，和電視上或小說裡所描述的截然不同。朵拉阿姨在離開之前不曾短暫睜開雙眼，也沒有露出最後一抹微笑，或是說出讓我們深深回憶的隻字片語。

我們只知道她走了，因為儀器無情的發出了刺耳的警示聲。

原本在這個最後時刻，應該是親人將她的手握得更緊，並且哭喊著要她別走，但是醫護人員沒有給我們機會，他們要我們讓出空間，好方便接下來的工作。

我聽他們的話乖乖讓開，蹣跚投入老爸懷裡哭泣。但是老媽不為所動，她堅持不肯離開朵拉阿姨的身旁。

無論多少醫護人員前去安慰老媽，她還是一臉肅穆，不肯移動，任憑眼淚不斷滑落過她的臉龐。

即使醫生已經關上發出哀鳴的儀器，病房裡陷入一片寂靜，老媽還是不願鬆開朵拉阿姨的手。她的視線也始終停留在她妹妹身上。

老媽就這樣坐在病床旁邊，一如她多年來守候在朵拉阿姨身邊的姿態。

她沉默不語，什麼話都沒說。

我們每個人都很清楚，誰也無法填補在老媽心中留下的缺口。

38

醫院的醫護人員要我們回家休息，但最後只有我和老爸搭著計程車回家。黑暗的夜色掩飾了我們臉上的淚痕。

老媽繼續留在橡樹園，她說還有很多事情要處理，她不想拖到天亮之後才回來打理一切。

「就算朵拉走了，她依舊是我的妹妹。」老媽在老爸勸她回家休息時堅持的說，「所以，該做的事情我還是要好好完成，朵拉值得受到這樣的尊重。」

老爸沒有和老媽爭辯。他當然不會這麼做，因為他知道如果自己再多說一個字，就會惹毛老媽。因此老爸給了老媽一個緊緊的擁抱，然後我們就回家了。

我在這個晚上經歷了許多第一次，而這些第一次對我來說都相當不尋常。印象中，我完全不記得老爸和老媽曾對彼此表達出情感與關愛，我甚至覺得老爸結婚的對象是廚房，而不是老媽。至於老媽，我現在終於知道，她這些年來都把感情投注在什麼地方。

我們一家人的生活將會有所改變。這是無法避免的，但我不確定會是什麼樣的改變，也不確定我們每個人會如何面對這些轉變。我現在完全無法預測。

「兒子，你還好嗎？」儘管老爸的手粗糙得像石頭，卻總是能給我安慰。

「老媽沒事嗎？」我問老爸的時候，才意識到這個問題其實一直在我腦中徘徊不去。「老媽明天回家的時候，會不會對我發脾氣？」

「我不知道你老媽現在的心情如何，也不知道她回家之後會有什麼樣的反應。她可能會生氣，也可能會覺得對不起你，畢竟我們瞞著你這件事這麼久，你卻是從陌生人口中得知一切。但是，兒子，我現在真的不知道你老媽回家後會表現出什麼態度。」

雖然老爸的這番話並沒有多大的安慰效果，甚至一點幫助也沒有，但起碼這是一個誠實的答案，比起他千篇一律的「她是你老媽」好太多了。我希望這輩子再也不要聽見老爸用那個答案來回答我。

「我也不知道自己應該對老媽說什麼。我不知道該如何聊到這件事情而不讓她心煩意亂，或者不讓我自己的情緒失控。」我對老爸說，「我甚至不知道自己有沒有資格繼續生老媽的氣，畢竟朵拉阿姨才剛剛過世。」我閉上眼睛，希望能藉此停止混亂的思緒，但是完全沒用。相反的，我開始覺得暈頭轉向，就像之前我和席納斯偷喝他媽媽櫃子裡的酒後頭昏腦脹的感覺。

「你想怎麼做就怎麼做吧，查理，你現在不需要再隱瞞些什麼了。家裡已經埋藏了太多謊言，你看看這些謊言讓我們的關係變得有多糟。」

「但是我們剛才離開醫院的時候，你也看見老媽的狀況了。如果我再對她發洩出自己被騙的不滿情緒，將目前的情況搞得更惡劣，老媽怎麼承受得住？」

「如果你想壓抑自己的情緒，那就隨你的意思吧。你可以把自己的不滿通通隱藏起來，說服自己一切都沒有關係，因為你想體諒老媽此刻的心情。但如果你這麼做，似乎又顯得對她過度保護，將像她一直以來都用過度保護的方式來對待你，但是到了最後，所有的憤怒還是一一湧現，而且就算經過二十年的時間，如果心中的怒意沒有化解，就一定會繼續存在。如果你覺得現在的場面已經是一團亂，那麼將負面情緒壓抑二十年之後，情況恐怕會……」

雖然老爸沒有把話說完，他闡述的邏輯已經大大衝擊我腦中無法應付的那一團亂。

我現在唯一能做的就是坐下來，任憑腦中的思緒自行翻攪，盡量不去理會它們。希望小睡幾小時之後，我可以壓下一些神經質的衝動。

但是我的腦子不肯休息。雖然我上床睡覺了，頭腦卻沒有切換到關閉的狀態，反而帶著我進入一種極度意識不清的狀態。在夢中，我把朵拉阿姨的生命維持器當成滑板，有一位牧師先為我主持了某種儀式，推我上滑板平台的頂端。老媽在身上紋了一個朵拉阿姨的刺青，老爸則是關了餐廳，改開葬儀社，但是葬儀社裡只擺著一副棺材，而且那副棺材正好適合我的尺寸，棺蓋上的黃銅名牌也刻著我的名字。

我想要從夢中醒來，但是這個夢卻嘲笑我，並且繼續進行著：老爸把我輕輕推入棺材中，然後拿鐵鎚封上棺蓋，並且發出咯咯笑聲。

我嚇得大叫一聲，終於清醒過來，但全身早已經被汗水浸濕。

我聽見敲打聲繼續傳來，但仔細一聽，才發現聲音來自樓下的大門。八成又是哪個討厭的客人想買蝦餅。

但是我又發現，現在的時間才不過是早上九點十五分，老爸要在三個小時之後才會把大門上的牌子翻轉為「營業中」。自從經歷過昨晚的種種，我已經不喜歡那面牌子了。我拖著沉重的腳步走下樓，而且一如往常的被那道兒童安全柵欄絆倒。

我不知道到底是哪個傢伙在敲門，但是我已經火冒三丈，有預感接下來彷彿會有更多壞消息上門。沒想到打開門之後，站在門外的人是席納斯。他的兩隻手藏在身後，臉上掛著發自真心關切我的表情。

我讓席納斯進到屋內。席納斯原本張大了嘴巴想說些什麼，但卻一句話也沒有說出口。他看起來有點不太自在，彷彿害怕自己會說錯話，所以我乾脆替他化解窘境，直接告訴他昨晚發生的事情。

「朵拉阿姨死了。」我說出口後，才發現自己太過直白，口吻聽起來相當無情。我應該要以別種說法來陳述朵兒阿姨離開我們的事實，並且更詳細解釋她在最後的時刻表現得多麼勇敢。但是我真的不知道什麼樣的說法才算恰當，如果真的有所謂的恰當說法的話。一想到這點，我整個人又感到無比哀傷。

我本來還以為自己的眼淚已經流乾，但是我錯了。我本來也以為自己不可能在席納斯面前表現出感情豐沛的一面，但是我沒有辦法控制自己的眼淚。

我原本預期席納斯會覺得不自在而轉身走開，但是他卻做出一個奇怪而罕見的舉動：他走到我面前，一隻手從背後伸出來放在我肩上。他的頭微微歪向一側，露出帶有鼓勵性但充滿悲傷的笑容。他這樣的舉動是我從來不曾想像過的，而且他還說了一句我從來沒有聽他過的話。我甚至不確定他知道世界上有這樣的一句話。

「我很遺憾。」席納斯說。「伙伴，我真的非常、非常遺憾。」他把我拉進他的懷裡，讓我盡情的放聲大哭。

我和席納斯坐在客廳裡，只有需要在碗裡補充更多蝦片時，才起身走動。

「蝦片裡面到底有哪些原料啊？」席納斯發出傻笑，他的身上都是吃蝦片時掉落的屑屑。「該不會有純正的古柯鹼參雜在裡面吧？」

我也笑了出來，不過，在這個時候發出笑聲，卻讓我感到相當罪惡。「你可以回去問問你哥哥布尼恩，我想他已經可以擔任蝦片專家了。」

「沒錯，他最近確實吃了非常多蝦片，但我願意向他挑戰。」

能夠聊聊這些蠢事，感覺真的很好。我不想再繼續提起朵拉阿姨離開我們的傷心事了。

但我們還是聊到了和朵拉阿姨有關的話題。席納斯小心翼翼的問了一些問題，我盡可能在不讓自己掉淚的前提下，詳細告訴席納斯昨晚的經過。

「悲傷一定會慢慢淡去的。」席納斯表示。但是從他的眼神中，我看不出任何權威感。

「會嗎？但是我不知道自己的腦袋夠不夠大，能不能埋藏我所有的情緒，包括憤怒、後悔，還有在失敗時所萌生的邪惡與痛苦。」

「你只要讓自己保持忙碌就可以辦到。我媽媽說，當年她爸爸過世時，她就是靠著將注意力轉移到其他事物上，才讓她撐過那種傷痛，並且讓她有繼續走下去的動力。」

我想到席納斯的媽媽，以及她臉上一層又一層的化妝品，不確定她是不是靠著那些玩意兒幫助她走出失去爸爸的陰影？這種想法讓我不寒而慄。無論我靠著送外賣可以賺到多少小費，恐怕都無法負擔像席納斯老媽一樣在化妝品上的花費。

「說到這一點，這正是你幸運的地方，查理。」席納斯接著說。他臉上的微笑看起來更有自信了。「因為你已經找到一個可以全心投入的目標。」席納斯說完俯下身，拿出他剛才藏在沙發旁邊的滑板，在我面前正式亮相。由於席納斯的笑容實在太燦爛耀眼，分散了我對滑板的注意力。

坦白說，其實我已經忘記滑板放在席納斯那邊。這麼多個星期以來，這是我頭一次完全忘記與滑板比賽有關的事情。儘管席納斯現在把滑板亮在我的面前，我還是沒有重新燃起對比賽的狂熱，我覺得一切都已經不重要了。

「如果給我多一點時間，成果會更出色。」席納斯的眼睛看著滑板底部。由於滑板底部朝著席納斯，所以我還沒看見那裡變成了什麼模樣。「你懂我的意思，如果有更多時間，我就可以畫得更精緻。但我想現在的樣子你大概也會喜歡啦，畢竟這可是限量版的作品，全世界只有一個！」席納斯雙手握住滑板的兩側，慢慢將滑板的背面轉向我。這下子我可真的被滑板吸引住了，完完全全被吸引住了。

我確實沒見過能夠與它匹敵的滑板，它的底部被塗上耀眼明亮的色彩，幾乎像是著火一般。席納斯的用色十分生動活潑，彷彿這些色彩全是他自己獨創出來的。我的手像是被催眠似的往前伸，眼睛也直盯著滑板上各種鮮豔的顏色，簡直想要把它一口吞進肚子裡。

席納斯的塗鴉畫相當立體，宛如他使用的是具有3D效果的噴漆。「BWB」三個字母簡直就快要從滑板上噴出來，上面每一顆泡泡看起來都像是充飽了氣體，等著別人將它們擠破。我仔細端詳席納斯在字母周圍噴出的光影，那栩栩如生的效果，讓我嘆為觀止。這三個字母融入豔紅的火光之中，讓人幾乎覺得滑板正在發燙。但是我最欣賞的部分，是席納斯在滑板的尖端畫了一個踩在超大型滑板上的迷你小人，那個小人因為迎風溜著滑板，身體被風吹得變形，模樣誇張又可愛。由於小人的身型十分迷你，我一眼就看出席納斯畫的人是誰。雖然我看不清楚小人的五官，但是他的姿態實在太可愛了，不但深深打動了我的心，也再度燃起我身體裡的熱情。原本我還以為，為朵拉阿姨而流的淚水已經澆熄我對滑板的熱情，但沒想到現在一切又復活了。

「這真的是太棒了！」我興奮得倒抽一口氣。

「這個滑板和我們原本的計畫很搭吧？對不對？」

結果席納斯的這一句話又澆熄了我重新點燃的火花。滑板突然變得好沉重，我不得不緩緩放下它，靠在我的大腿上。

「你怎麼了？」席納斯問。

「席納斯，我們到底在想什麼？我們真的認為這個計畫行得通嗎？」

「是有一點勉強啦，但因為現在是非常時期，所以我也不確定。不過，我總覺得人生有時候應該要勇敢冒險一次，就算最後失敗了，也沒有關係。」

「好吧。再說，我們也不必再多想什麼了，對不對？因為朵拉阿姨已經離開了，所以這個計畫也結束了。我很感激你，席納斯，我真的很感激你。這個滑板是我這輩子見過最酷的東西。但是我很抱歉，我今天沒有辦法使用它。」

對我來說，這似乎是非常明確的結論。一切都已經結束了，畢竟早已沒有什麼需要揭開的祕密，也不需要再向誰證明什麼。

但是席納斯並不這麼認為。他從沙發上跳起來，立即反駁我的說法。

「你這是在開玩笑吧，是不是？你這句話是什麼意思？你不打算使用這個滑板？」

「你先冷靜一下，可以嗎？我又沒說永遠不使用它，我是說今天不用它。我必須待在家裡等老媽回來，然後和她好好談一談。」

「不對，不對，不對！查理，你應該要拿出勇氣，並且告訴自己，無論昨天晚上發生什麼事，都不會改變你想自我挑戰的初衷。你必須去參加滑板比賽！」

我簡直不敢相信自己聽見的。「你說什麼？你想逼我去參加比賽，好讓你在學校裡可以受女生歡迎，好讓你可以受到大家矚目？你知不知道我昨晚目睹什麼樣的場面？你當然不知道！你根本什麼都不在乎，除非與你的福利息息相關，對不對？告訴你，這次我不想再以你的意見為意見，我要自己作主，照著自己的意思做決定。」

但席納斯對於我所說的話完全不以為然。「一派胡言！你自己心裡也明白，這全是胡說八道！如果你想要自己作主，你就應該去參加這次的滑板比賽。你現在想做的，是以你老媽為主，因為你不想惹她生氣……」

「席納斯，我老媽的妹妹昨天晚上過世了！」

「我很替你老媽難過，一如我也很替你難過。但是你還不明白嗎？查理，雖然朵拉阿姨的離開看起來像是計畫被迫結束，但實際上根本是一個完美的開端。現在就是你的大好機會，讓你和過去的一切做切割，把你悲慘的人生轉變成盛大的成功，大到讓你不知道這樣的成功何時才會結束。請你好好考慮一下，可以嗎？」

我覺得席納斯的話很有說服力，我真的這麼認為，但是我不認為自己可以這樣對待老媽，起碼今天不行。

偏偏席納斯根本不接受我的想法。

「去啦，去啦，把那些煩人的事情全部拋到腦後。你參不參加滑板比賽，和我一點關係也沒有，因為我的作品仍然畫在牆壁上，就算沒有人知道我是為了今天的滑板比賽而畫，我也無所謂。反正總有一天他們一定會知道。只要我想讓他們知道，他們就會知道。」

席納斯轉身準備離開，卻突然又想起一件事。「不過，無論你相不相信，我都必須告訴你一件事情：我做的一切都是為了你，而不是為了我自己，因為我虧欠你很多。要我這麼坦白的告訴你一切，其實讓我很痛苦，但這是千真萬確的事實。在過去的幾年，我知道自己對你並不太友善，大概至少有上百次我都知道自己太過分了。其實你大可不必再繼續理我，但是你從來不曾拋下我，一次也沒有。如今我們兩人站在這裡，眼前是我們不曾預料的局面，以及能讓自己脫穎而出的大好機會。我們可以站出來對大家說：嘿，你們大家看看，其實我們很厲害喔。想想看，我們真的可以這麼做，查理，你想像一下！你還可以順便想像那些人臉上的表情。然後你說，將來還可能會有這樣的機會。讓我告訴你一個事實吧，如果我們現在不做，一輩子都沒機會了。」

席納斯的這段演說相當動人，我不得不讚美他。這種等級的演說，應該還要搭配管弦樂團負責演奏背景音樂。沒錯，我覺得這些話全都是謊言，席納斯只是想要操控我，把我騙回去執行計畫。他太了解我了。

但是他這番話迫使我去思考，思考老媽現在人在何處，以及什麼時候會回家。我還考慮了其他事：我不希望老媽發現我還在玩滑板，起碼今天別發現。或許今天我必須證明給學校裡的那群白痴看一看，讓他們知道自己錯了。別的事情可以稍後再處理，但是今天我必須讓那群白痴見識我的真本領。我頓時覺得自己血脈賁張，雙腳迫不及待想要跳上滑板。

「好吧，或許我們可以去參觀一下。你懂我的意思，我們可以去看看滑板公園目前是什麼情況。」

我向來不擅長拒絕別人，席納斯很清楚這一點。

「好極了。」席納斯露出笑容。「但是你必須去換件衣服。你現在這身打扮吸引不了任何人的目光。」

事情不停的變化。或者說，即將變化個不停。但是某些事情，某些令人覺得身心舒暢的事情，永遠都不會改變。

39

滑板公園裡熱鬧滾滾：到處都是人們的說話聲、音樂，以及上千個滑板輪子在柏油路面上滾動的噪音。這裡簡直就是滑板玩家的天堂，雖然這幾個月以來，我只要閉上眼睛就不停想像此刻的畫面，但眼前所看見的一切，遠比我腦中想像的畫面更加精采有趣。

這個地方變得不太一樣，因為隨處可見賣食物的攤販、擺放啤酒的帳篷，而且最重要的是，還有許多販售各種滑板配件的小攤子。那些舌燦蓮花的賣家不停促銷著滑板相關商品，一直掏錢的滑板玩家也買得不亦樂乎。每個攤子我都去逛了一圈，發現至少有上百種滑板配件是我想要的，但是也知道任何一種我都不需要。我手裡已經拿著我的祕密武器，我敢說今天滑板公園裡絕對沒有比這個更好看的滑板。

我發現自己根本捨不得將目光從這個滑板上移開。剛才在家裡的時候，當席納斯替我打理服裝時，我的眼睛就一直盯著它看。從家裡走到滑板公園的路上，我也因為一直看著這個迷人的滑板，被路上的石頭絆倒了幾次。

席納斯是對的，這個大好機會不容浪費。對，我們的計畫有了一些變化，但就算老媽今天沒來看我比賽，對整個計畫也沒有影響。

我現在覺得老媽沒來看我比賽比較好，她今天有太多事要忙了：在醫院處理朵拉阿姨的後事，與殯葬業者討論告別式等事宜。我可以過幾天再找老媽談談朵拉阿姨的事情，或許等到告別式之後再說，等事情平靜下來，或者等到我們一家人可以繼續過我們的日子時。

今天是我的第一步，我重新開始的第一步。我要告訴世人，無論在學校裡遭受多少屈辱，也無法阻止我證明自己的能力給大家看。我要證明，學校那些傢伙都看錯我了。

參賽者必須排隊登記報名，席納斯的鼻子抬得高高的，好讓每個人注意到他。我則是身穿連帽衫，在帽子底下又戴上一頂棒球帽，還刻意壓低帽緣。

如果我下定決心要執行這個計畫，就一定要做得轟轟烈烈，所以暫時不希望別人發現我也來報名。只不過，事後我們回顧一切時就發現這是個非常愚蠢的期望，因為除非這場滑板比賽另外設有五歲以下的幼童組，否則大家看見有個小矮人走進滑板公園，馬上就會發現那就是我，知道我打算報名參加比賽。

「拜託你鎮定一點，可以嗎？」席納斯在我耳邊小聲說。

「我很鎮定。」我回答時才發現拿著滑板的左手在發抖。「我發抖是因為興奮。」

「對對對，沒錯沒錯。就像有些人會因為興奮而尿濕褲子。」

我知道自己並沒有害怕到尿濕褲子，但還是快速的低頭確認自己的牛仔褲是否依舊乾爽。這個舉動讓席納斯樂不可支，笑個不停。

「難道你沒有其他的事情可做嗎？」我問，「這裡一定還有哪一面牆沒有被你染指吧？」

「恰好相反。」席納斯笑著回答，並且指向我們視線可及的三道牆。那三道牆上都已經被噴上充滿藝術感的「ＢＷＢ」三個字母。

我心想：席納斯當然不緊張，因為他的任務一點都不難。他只要利用三更半夜在牆壁上塗鴉，沒有人會盯著他看，一點壓力都沒有。我的任務可就完全不同了，我必須冒著在大家面前摔斷全身骨頭的風險。如果席納斯的塗鴉很醜，大家或許看過就忘了，但如果我在滑板坡道上出糗，那些惡劣的傢伙絕對不可能對我如此寬容。

報名手續根本不該耗費這麼長的時間，但是儘管已經拖了老半天，那個做事按部就班的工作人員還是慢吞吞的想確認我的年齡。他的舉動幾乎將我逼瘋，我差一點就打算露出腋毛給他看，向他證明我並不是七歲小孩，好讓我順利完成報名。

最後我們終於搞定了。多虧了我背包裡那本忘了拿出來的數學課本，才證明了我的資格。這場風波讓排在我們身後的那兩名亂髮少年笑得相當開心，幸好我不認識他們。其實報名隊伍中的大多數人我都不認識，這點正合我意。越多來自其他城鎮的學生參加這場比賽，就越少人知道我以前在這裡的丟臉事蹟，如此一來，他們就會單純的以我玩滑板的表現而接受我。

完成報名手續之後，我和席納斯閒晃了一會兒，以便打發時間，順便觀賞其他參賽者的表現。許多人的滑板技術出色得令我瞠目結舌，也讓我焦躁不安，忍不住擔心自己無法與這些傢伙分庭抗禮，深怕自己沒本事與他們比賽。席納斯卻一點也不緊張，每當又有參賽者表現出過人的滑板技巧時，他就會馬上貼在我耳邊竊竊私語。

「我以前看你玩過這一招，你表現得比他好。」席納斯小聲的說。「這個傢伙的動作沒有個人風格，技巧也不夠細膩，你絕對可以贏過他。」

我真的不認識眼前的席納斯，這個煥然一新、改頭換面的最佳好友，但是我知道，我喜歡他這樣的轉變。這種感覺就像是他拿著一個打氣筒坐在我身旁，盡可能將信心灌進我的體內。

席納斯的話語讓我忍不住將滑板扔到地上，興沖沖的準備出征。於是我們兩人動身前往滑板平台附近的籃球場，今天的參賽者都利用那片空地進行熱身。我們穿過人群，經過一面又一面畫著席納斯塗鴉的牆面。到處都是席納斯的作品，我們彷彿置身於全世界最大的客廳，而席納斯的創作就是這間客廳裡的壁紙。我頓時覺得自己是個幸運的傢伙，因為這些塗鴉全都是席納斯為我而畫的。在前往籃球場的路上，這些塗鴉畫依然深深吸引著我的目光，讓我的視線無法轉移。

然後，我笨手笨腳的天性又出現了。我忙著看牆上的塗鴉，不小心撞上了迎面走來的行人。我急忙轉過頭來向對方道歉，但是當我看清楚對方時，道歉的話語頓時卡在我的喉嚨裡，完全無法說出口。對方只有一個人，而且是我最不希望遇見的人。那個人的出現，將我的自信心瞬間擊潰。

我完蛋了。

我撞上了老媽。

40

「我認為我們需要好好談一談，你覺得呢？」老媽冷酷的說。

「是的，老媽，我也覺得我們應該好好談一談。」我回答。

席納斯躲到我身後，但是我不怪他如此膽怯。

我試著從老媽的話中找出弦外之音。就某方面來說，老媽願意與我對話，也算好事一件。她並沒有像上一次那樣暴怒，沒有歇斯底里的大呼小叫，只是臉上寫滿了失望，彷彿她早就預料到我會出現在滑板公園，但沒想到真的被她猜中。

當我們和老媽走到人群外圍後，我才知道原來老爸也來了。不過他看起來還好好的，沒有被老媽砍死。我覺得老爸有一種泰然自若的神情，他平常只有拿著炒鍋的時候才會顯出這種態度。

就算老媽對著老爸說出尖銳的話語時，老爸依舊面不改色。

「當你提到公園的時候，我早就應該料到哪裡不太對勁！」老媽對老爸說。我當下有一股保護老爸的衝動。

「老媽，我很抱歉，我這麼做並不是想故意惹妳不開心。我沒想到妳會發現這件事，因為我以為妳還在醫院裡，或者已經回家休息了。」老媽看起來確實需要好好睡一覺，因為她的臉蒼白得沒有一絲血色，唯一紅通通的是她的雙眼。

「我確實很想休息。」老媽回答，「但是我的腦子裡一直想到⋯⋯你明白的。所以你老爸建議我出來走走。現在我已經明白他一直要我到公園來的原因了。」

我不知道接下來會如何發展。我沒有把滑板比賽的事情告訴過老爸，或許是他看我這段日子拚命苦練滑板，自己推敲出來了。但如果是老爸自己猜出我想參加滑板比賽，為什麼還要帶老媽來這裡？老爸明明知道滑板對我的意義有多麼重大，他甚至還陪著我練習過那麼多次，為什麼故意選在這個時候帶老媽來公園，好讓她毀掉我最在乎的活動？

「我不知道應該對你們兩個人說什麼才好。」老媽說這句話的時候，淚水已經在眼眶裡打轉。「你們到底在開什麼玩笑？我真搞不懂，經過昨晚之後，你們是不是故意這麼做、故意安排這種事情來刺激我？不過，我不想在這裡討論這個，查理，我不想讓你在你朋友面前丟臉。或許你覺得我這個老媽就是專門來羞辱你的，但是你錯了。我想你現在應該已經明白，為什麼我總是那麼擔心你的安全。我們回家去吧，我們可以回家之後再好好談一談。」

「韓媽媽，求求妳。」突然有個聲音從我身後冒出來，那是我這輩子聽過席納斯最有禮貌的一次。「我知道這不關我的事，但是請妳一定要留下來看看查理玩滑板的樣子。他很努力練習，儘管我也不想承認，但是我必須告訴妳，查理真的很有玩滑板的天分。」

「天分？」老媽不屑的說，「你說那一點點本事就叫做天分嗎？我可以告訴你，我看過查理站在那玩意兒上的模樣……」老媽用手指著我的滑板，彷彿那是一個巨大的垃圾。「我可不覺得他的表現可以被稱為天分。我只會把那種行為稱為自殺。你不覺得很像嗎？」

不知道什麼原因，席納斯沒有因為老媽這番話而退縮。相反的，他從我身後走了出來，繼續發表他的論點。

「韓媽媽，我真的很難過妳妹妹離開了我們。」我發現老媽退縮了一下，當她明白自己隱瞞多年祕密早已傳到老爸和我以外的閒雜人等耳裡時，她的退縮變成了憤怒。「但是妳必須讓查理參加這場比賽。他在學校裡被人欺負了那麼久，這是他唯一的機會……」

「我不需要你來教訓我，萊納斯。」老媽以不提高聲音的方式斥責席納斯，聽起來相當可怕。「也不需要你來告訴我查理在學校裡的遭遇。你以為我不知道查理在學校的情況嗎？」

老媽和席納斯的對話已經演變成一場決鬥，最後只能有一個贏家，但是席納斯完全無懼老媽的責罵聲，我看得出來他已經準備再次發動攻擊，但這時突然有第三個聲音插話進來，一個令我大感意外的發言者。

「親愛的，這個就是重點。」老爸以他平靜的聲音插話進來，「妳確實不知道查理在學校理的情況。妳知道的不夠多。」

老媽看起來震驚了一秒鐘，她顯然不習慣老爸這樣反駁她。但是老媽的錯愕並沒有讓老爸停止發言。

「我自己也知道得不夠多，只知道查理告訴我的部分，但是我能感覺到查理在學校裡過得相當辛苦。」

「你這句話是什麼意思？」

「妳上次在公園裡大罵查理一頓之後，其他孩子就開始拿那件事來羞辱查理。」

「『羞辱』二字還只能算是輕描淡寫的形容。」席納斯不以為然的插嘴，但是當老媽和老爸一同轉頭瞪視他之後，他就不再多說什麼了。

「好吧，我想我當時反應過度了，不應該那麼不給查理面子。」老媽脹紅了臉。「我當時應該先帶查理回家，而不是直接在公園裡指責他。查理，如果你的同學們因此拿這件事情來取笑你，我真的感到很……」

「取笑他？」老爸接話，「取笑根本不足以形容他們對待查理的方式。」老爸說完這句話之後，便赤裸裸地揭開我的傷疤。他把大家散播相關影片和照片的事情說了出來，當然，他也提到了最精采的泡泡紙事件。我站在那裡聽老爸訴說這些事情的經過，感覺非常奇怪。雖然有一點不自在，但是我卻不覺得受傷，彷彿他所說的是發生在別人身上的故事。我知道老爸這些資訊是從哪裡來的，除了席納斯還會有誰？當我轉頭看向席納斯的時候，他一臉無辜的聳聳肩。

然後我又轉頭看向老爸，才突然領悟了三件事：首先，我為了扭轉名聲而做的一切努力，其實做得還算不錯；其次，今天把所有的話都說清楚講明白，確實相當重要；最後，在老媽的保護下，我的人生是多麼「完整無缺」啊！

老媽再度開口時，我本來想用手遮住耳朵拒絕聆聽，因為我不想聽見她依然堅持要把我拖回家去。

「查理，這些都是真的嗎？」老媽的聲音裡充滿了不確定。

「都是真的。」

「全部都是真的？包括他們用泡泡紙把你裹起來？」

我輕輕的點點頭，感覺到汗水從我的背上冒出來，就像當初我整個人被泡泡紙包住的情況一樣。

「你為什麼沒告訴我？我們可能做一些事來改變那些情況。我們可以告知學校他們的惡行，即使事情已經過去了，我們現在還是可以向學校報告。」老媽激動的環顧四周，彷彿校長皮區先生會突然像變魔術一般出現在人群中，也許手裡還拿著滑板。

「老媽，他們並不是在學校裡用泡泡紙把我包起來，他們是在這裡做的。更何況在那些人當中，大部分都不是我們學校的學生。」

「那我們就去報警。那些孩子不能做這種事情，這是侵犯人身自由的暴力行為。」

或許老媽只是因為心疼我才會這麼說，也或許她純粹只是想要淡化自己心裡的恐慌，但是她沒有仔細想一想，她提出的這些做法有多麼可笑。我沒有膽子直接告訴她，只好婉轉的向她解釋。

「不過，如果去報警的話，我勢必又會重現當初受害的模樣。如此一來，那些人就可以再次取笑我。他們會一次又一次的取笑我，到了最後，我可能連下床去上學的勇氣都沒有了。」

席納斯看出我漸漸鼓起勇氣，馬上跟著力挺我。

「韓媽媽，這就是查理今天必須站上那座滑板平台的理由。他只需要短短兩分鐘的時間，只要兩分鐘，他就可以把過去遭受的羞辱一筆勾銷。一旦那些霸凌查理的傢伙看見他玩滑板的真本領，他們就會對查理大大改觀，一切也都將變得不同。所有的一切都會變得完全不同。」

老媽不確定席納斯為什麼這麼肯定。「萊納斯，你真的可以保證一切都將變得不同嗎？再說，你能不能當著我的面，告訴我你百分之百確定，查理每一次從那個高台上滑下來，都能夠平平安安、毫髮無傷？」

「不可能，萊納斯當然沒有辦法給妳這樣的保證。」老爸替席納斯回答。

「那麼我們就回家去，我們可以藉由其他方式來解決查理的問題。查理，我沒有辦法讓你冒這個險，我很抱歉，但起碼今天不行。」

老媽的眼淚再度落下，淚水比昨晚更多，也更加悲傷，我們的對話就此打住。

「但如果錯過了今天，也許查理就再也沒有機會了，對不對？」我不知道老爸怎麼會突然變得這麼有肩膀，但我肯定他此刻極有魄力。「將來如果再度遇上類似情況，妳一定又會採取相同的方式勸阻查理，妳會找一些別的理由，不讓查理去面對問題、處理問題。」

「我才不會這樣。」老媽反駁老爸。

「偏偏就是如此，而且這已經是事實了。別的不說，光想想查理那輛三輪車，妳就該心裡有數。查理本來應該騎著越野腳踏車或競速腳踏車去送外賣才對。而且也許再過個兩年，他就該騎著摩托車去送外賣了！」

老媽一下子被迫面對太多令她惶恐的問題。

「你今天到底是怎麼了？」老媽哭喊著，「難道你不明白，我沒有辦法放心讓查理去做那些事情的原因嗎？在發生那場錯誤的不幸之後，你為什麼不讓我好好保護我的兒子？」

我發現席納斯不自在的晃動身體，然後又低頭盯著鞋子看。就算像他這麼喜歡多管閒事的人，此刻的氣氛也讓他感到坐立難安。

「但是我們已經快要悶死查理了！我們，妳和我！等到他年滿十八歲、必須離開家去上大學的時候，妳覺得我們還能以這種方式保護他嗎？我們應該要讓他放膽去嘗試、去犯錯。」

「你這麼說當然很簡單，但是萬一出了什麼差錯，只要一個小錯誤，就會毀掉他的一生。」

老爸這時突然轉變態度，他不再繼續反駁氣急敗壞的老媽，反而將手溫柔放在老媽肩上。

「朵拉遭遇的意外，是一場不幸的悲劇。這種悲劇可能發生在任何人身上，但它就是該死的意外，就連統計學家也沒有辦法估算出這種意外再次發生的機率。我們沒有辦法確定查理會不會發生這種意外，但是我看過他玩滑板的技術。信不信由妳，如果妳看見他的好身手，妳或許也會感到非常驕傲。」

老媽此刻已經淚如泉湧，哭到整個身體不停抽動，甚至連說話時都上氣不接下氣。

「我不想看查理藉著玩滑板來讓我驕傲。我只希望他凡事小心平安。」

「查理一定會小心而且平安的。兒子，你說是不是？你有準備安全帽和護具吧？對不對？」老爸看著我，他的眼神彷彿暗暗吶喊著：求求你告訴我你有安全帽和護具。

「我有護肘、護腕、護膝和安全帽，全部都放在包包裡。這些護具都是量身訂做的，而且還增加了額外的護墊。」

「妳看吧？」老爸這下子才鬆了一口氣。「親愛的，我們根本不需要擔心。妳就等著看查理的精采表現吧。」

「不要，我不想看。」老媽回答時才稍稍顯得平靜。「你可以使出所有的本領來說服我，但是我不會改變心意。」老媽接著又轉向我，她看起來彷彿即將用盡最後一絲力氣。她說：「好吧，查理，我不阻止你參加這場滑板比賽。如果你覺得這是你必須要做的事，那麼你就放手去做吧！但是我真的沒有辦法看著你玩這麼危險的運動，我沒有辦法。」

老媽說完後給了我一個擁抱，一個她顯然不願結束的擁抱，然後才轉頭走入人群中，留下左右為難的我。

「我應該怎麼做才對？」我問老爸。「說真的，我應該怎麼做才對？」

老爸的答案既明確又鏗鏘有力。「你就照著自己的計畫去做，兒子。踏上那個滑板平台，讓大家看看你的本事。」

「但是老媽怎麼辦？」

「那是我的任務，我會去安撫她，你不需要擔心。你只要好好表現，而且不要從滑板上掉下來。你聽見了嗎？千萬不要受傷。拜託！」

然後老爸也轉身離開，留下我和席納斯待在原地。現在，有一個更為重要的目標等我去實現，我不只要證明自己的本領給那些欺負我的人看，我還要證明給老媽看！

41

這一刻終於來臨，我今日最重要的任務，成功挑戰受到全場觀眾矚目的滑板平台賽。

我必須在短短兩分鐘的時間內，盡情展現各種拿手技巧，並且注意自己的姿態是否優美，同時不忘露出一點壞壞的氣質。但是最重要的是，我必須盡量飛騰，讓滑板的輪子不斷飛離地面，好讓大家看見我滑板底部精采的塗鴉畫。這些對我來說其實都很簡單，真的。我唯一擔心的事，是比賽結束之後，我回到家應該怎麼面對老媽。也許老媽的想法是正確的，也許還有其他方式可以向世人證明我的本領。

無論如何，幸好腦中的惡魔沒有動搖我的決定，我依舊堅持上台比賽。

「喂！」席納斯突然大聲的說，「你不要光站在我身邊興奮啊！你不應該黏我黏得這麼緊，你應該到處聞一聞，快點去，去聞一聞……」

我撐大鼻孔，用力聞了幾下，但是除了從攤販那邊飄來的廉價熱狗香味之外，我什麼也沒聞到。

「你究竟要我聞什麼啊？」

「現在是你人生中最後一次聞到空氣裡沒有香水味。看看你身邊吧，查理，這裡有好多女生，到處都是女生！」席納斯臉上的表情顯得十分雀躍，彷彿他剛剛發現一道長達一百公尺且毫無污損的空白牆面。我完全可以想像他有多麼開心。但是我的眼裡沒有女孩子，我只看見人山人海的群眾塞爆了公園，大家鬧哄哄的望著高大的滑板平台，等待參賽者展現各種玩滑板的精湛技巧，當然，大家也期待看見某些參賽者當眾出醜。

我連忙轉移注意力，以免因為緊張過度而嘔吐一地。我開始在腦中複習我所擅長的各種滑板招式，我會的那些招式都不算太複雜，但是如果想要帥氣的表現出來，必須依賴我獨一無二的優勢：嬌小的體型與俐落的速度。此外，為了要展現出我的與眾不同，好讓所有的觀眾瞠目結舌，我必須跳得很高，和我的滑板一起遠遠離開地面。我希望大家必須透過望遠鏡，才能找到已經飛至雲端的我。我一定辦得到，因為我已經練習非常多次了——只不過我從來沒有在公園的滑板平台上實地演練。這對我來說是相當大的挑戰，但是我絕不退縮。

滑板公園裡傳來低音貝斯的樂聲，提醒大家比賽即將開始。現場的觀眾全部都往這一頭靠近，人潮將我和席納斯往前推擠，席納斯乾脆拉著我，往滑板平台的方向走去。

「我們必須再往前走一點。」席納斯說。

「但是我的號碼是第二十七號，應該還要等上一陣子才輪到我。」

坦白說，除非等到該出場的時機，否則我不想離滑板平台太近。如果近距離看著其他參賽者不停在我頭上飛來飛去，可能會讓我萌生怯意。

「但是有些東西你一定得瞧一瞧，伙伴。我要你欣賞一下我至高無上的光榮時刻。」

席納斯挺著他的大鼻子，昂首闊步的往前走去。他臉上帶著微笑，向我揮揮手，示意我見識見識他這輩子最大型的噴漆塗鴉創作：席納斯竟然把整座滑板平台都變成他的畫布，而且這次他不再只是噴上「ＢＷＢ」三個字母，他寫出了這三個字母所代表的意義：The Bubble Wrap Boy，泡泡紙男孩。這幾個字的每一個字母看起來既活潑又立體，彷彿就要從平台上跳出來，而且人們只要輕輕一踩，就可以將它們一個接一個踩破。

「這下子，大家就不會忘記你是誰了，對不對？」席納斯笑著表示。

倘若我腦子裡剛才還擠滿各種充滿衝突的想法，現在已經只剩下神奇的感動。我猜這種感動大概會傳染吧？因為不論是我周圍的人，或者是滑坡另一側的群眾，每個人都拿出智慧型手機對著滑板平台猛拍照。他們用手指著席納斯的塗鴉畫，嘴裡念著「泡泡紙男孩」，並且轉頭與身旁的朋友竊竊私語。大部分的人都不明就裡的聳聳肩，或百般好奇的挑挑眉毛。假如他們想解開謎團，可能得先等前面二十六位參賽者表演完畢。

「席納斯，你這幅創作真的太了不起了！」我原本想要和席納斯握握手，最後還是決定給他一個大大的擁抱。

「查理，雖然你是一個很有吸引力的男性，而我目前也還單身，但是我們必須面對現實──我們不可能有結果的，因為你老媽絕對不會接受我當她兒子的男朋友。」

我開玩笑的用力拍打席納斯的背，希望藉此忘掉他剛才又讓我想起老媽。就在這個時候，編號第一號的參賽者站上了滑板平台。

我馬上就認出眼前的參賽者，他是我們學校六年級的學生，泡泡紙事件他也有分。然而此刻站在滑板平台頂端的他，眼睛看著坡道下方數百位觀眾，似乎已經不像當時那麼趾高氣昂。坦白說，他看起來有點遜，而且我一點都不可憐他。

他開始了，速度變得很快，結果馬上就以十分笨拙的方式跌個狗吃屎。雖然這不是我所希望見到的結果，但是當他被裁判請出比賽會場時，我也沒有替他感到難過。他的滑板摔得很慘，可能需要大修一番。

其他的參賽者緊接著陸續上場，有些人同樣也跌得慘兮兮。大家表現的水準不一：如果參賽者表現出精湛的滑板技巧，觀眾們就會因驚嘆而一同起立鼓掌；如果參賽者的表現乏善可陳，觀眾們也會一起失望的皺起眉頭。此時有一位選手重重地摔在地上，工作人員幾乎需要動用刮刀，才能將他從地面上鏟起來。這一幕讓席納斯心驚膽跳，因為他在滑板平台上的巨作並沒有預留空間讓參賽者揮灑鮮血，或是口中噴出的斷牙。

馬上就要輪到我出場了，我心裡的恐懼再度湧現。我好想大叫或是來回踱步，但是這裡沒有空間讓我這麼做。當編號第二十一號的選手上台時，我發現他是我的老朋友兼仇家：史坦，於是我決定不看了。

「我需要準備一下。」我對席納斯說。

「不要忘了我叫你做的事。」席納斯的吶喊壓過現場吵鬧的音樂聲。

我點點頭。席納斯早就已經向我說明得很清楚，我想他自己應該也已經熟悉到不行。

觀眾們不情願的側身讓開，好讓我走出人群。大多數人甚至沒有瞧我一眼，因為我的身高只到他們的胸前。甚至還有一個女人好心問我是不是和媽媽走散了。我懶得回答她。

我走到滑板平台後方，顫抖的從包包裡拿出護具。我已經答應過老爸，我一定會穿上它們。我準備了各式各樣的護具，但數量與款式遠不及我頭一次騎上「鋼鐵犀牛」時老媽強迫我穿上的那些護身裝備。

我也沒有忘記席納斯要求我做的動作，一切都藏在我的連帽衫底下。就是這個樣子，我都準備好了。但因為我的個子很矮，所以看起來非常胖。

在司儀呼叫我號碼前的那幾分鐘，感覺好像格外漫長難熬。而且司儀只叫號碼，不喊名字，讓我覺得自己彷彿是老爸菜單上的某一道菜。我腦裡的不安又開始萌生開來：我這樣做對得起老媽嗎？我本來竟然打算把朵拉阿姨帶到這個地方來，當時到底在想些什麼？不過，奇怪的是，對於我即將上台比賽的這件事情，我卻一點也不擔心。

因為我知道跌斷的手臂總有一天會痊癒，遭受辱罵後的創傷也一樣會好起來。再說，在接下來的短短幾分鐘內，我的世界可能會全然改變，只要我保持鎮定，好好表現。

深呼吸，並且注視大家的眼睛，讓他們知道你是誰。

這是席納斯教我的，我只需要記住這一點。

42

我站上滑板平台的頂端，腦子頓時變成一片空白，就像是站在一處讓人不斷發抖的懸崖邊。席納斯交代的一切，好像都已經被我拋到九霄雲外，我必須絞盡腦汁回想他的話，才能理解每個字所要表達的意思。

當我的眼光望向圍觀的群眾時，恐懼感立刻倍數增加，因為平台下方的人潮遠遠超出我的想像。

那些人看起來就像是喝醉似的不停晃動，所有人都嘲笑著站在平台上的我。

我想，當中也許有人不明白為什麼一個六歲小娃可以爬到這個高的地方，家長未免太失職了。至於其他那些認出我的傢伙則是開始胡亂鬼叫。一波又一波聲浪不斷傳到我耳邊，混合著嘲笑聲和質疑聲，對我來說其實十分殘酷。

這個時候，司儀的廣播將我拉回現實，提醒我必須該怎麼做才對。

「各位女士、各位先生，編號第二十七號的參賽者並不是第一次登上這座滑板平台，他曾經因為一點小風波而休息了一陣子，今天他要重返榮耀，在滑板運動界正式復出。」

人群中又傳出另一陣笑聲與質疑聲……

「第二十七號參賽者又被稱為『迷你火箭人』，而且他就是『泡泡紙男孩』的本尊。各位女士、各位先生，請大家給予韓查理鼓勵的掌聲！」

要司儀念出我的外號，是席納斯的主意。眾人已經見識滑板平台上的巨型藝術創作，全校同學這幾個星期以來也不斷接收著牆上塗鴉所傳遞的資訊，如今司儀說出了我就是「泡泡紙男孩」，等於替大家剝開了層層迷霧，揭曉了謎團的答案。這麼一來，在場的每個人就會以不一樣的眼光看我。

你們知道嗎？席納斯說得一點都沒錯。

我看見了群眾的反應：他們先用手指指滑板坡道，然後又指指我，臉上的表情從嘲笑轉為微笑，注視我的眼神更是充滿了期待，彷彿我在一瞬間變成了一位值得關注的滑板明星，而不是一個可能會被送上救護車的遜咖。

我忍不住將目光投向阿丹和史坦，然後開心的發現他們似乎縮小了。我對著他們投以一個微笑，脫下我身上的連帽衫。就算讓群眾看見我有如幼童般瘦小的身體，我也不在乎。我套著以泡泡紙做成的護肘與護膝，拉平我身上所穿的T恤，好讓全場觀眾看清楚噴在T恤上的每一個字。

我的T恤上寫著「為朵拉而飛」，其中的「拉」，席納斯以光環來呈現上面的小點。我一點都不在意沒有人明白這句話所代表的意義，因為我自己知道就好。我還記得，朵拉阿姨雖然坐在輪椅上，但是眼睛經常仰望著天空，她的目光會隨著空中飛翔的鳥兒四處遊走。不知什麼原因，我忍不住希望朵拉阿姨現在也能在滑板平台下方仰頭看著我。

我胸口突然有股想哭的衝動，衝動隨即變成了恐慌，因為我覺得自己好像在人群的某個角落裡瞥見了朵拉，她的棕色眼睛燃燒著具有穿透性的銳利目光。這一瞥讓我嚇了一大跳，但是我眨眨眼睛再仔細一瞧後，才發現我看見的人不是朵拉，而是老媽。這下子我真的緊張到心臟都快停止跳